赞美一

赞美人虽然是最好的说话方式，但是千万不要在赞美甲的同时伤害乙，否则必有人暗暗恨你。

一 说话

只有心胸宽的人，他的话语才能厚道；
只有视野宽的人，他的话语才能公正。
只有这二者都宽的人，才能不卑不亢，
用真情"把话说到心窝里"！

刘墉人生三课

会说话
才能赢

刘墉经典 沟通口才课

[美] 刘墉 著

湖南文艺出版社
HUNAN LITERATURE AND ART PUBLISHING HOUSE

小博集
BOOKY KIDS

刘墉说

**说话，最大的艺术就在同一句话，
你怎么说。**

Contents 目录

II

PART
02
把话说到心窝里

PART
03
教你幽默到心田

PART

04

偷偷说到心深处

好话坏话只在一念之间

说件"鲜事"给你听——

有个丈夫摸着太太的手，赞美道："你的皮肤摸起来真细，绝不像四十岁的女人。"

太太笑："是啊！最近摸过的人都这么说。"

啪！一记耳光，丈夫吼道："你最近让多少人摸过？你老实招来！"

太太捂着脸，哭着喊："大家是这么说啊！每个护肤中心的小姐都这么说。"

这是真事，但是怎么看都像笑话对不对？问题是，当你细心观察就会发现，我们周遭充满这样的笑话。只因为一句话没说对，就把喜剧变成了悲剧，把眼看就要办成的好事变成了坏事。

"话"人人会说，只是不见得人人会说话；有话好说，只是不见得人人说好话。

不说好话的道理很简单——因为他没有多想一想。

会说话与不会说话，常在那一念之间。

一念之间，他懂得忍、懂得退一步想，想想坏话怎么好说，狠话怎么柔说，就可能有个喜剧的结局。

那一念之间，他毫不考虑地脱口而出，则可能是个悲剧的结尾。

虽然许多人赞美我口才好，但是我从不这么认为，而且觉得自己年轻的时候总是说错话。即使到今天，我每天晚上还是常把白天说的话想一想，检讨一下，是不是有不妥当，或者"有更好的说话方法"。

正因此，在这本书里我提出的案例，都是最真实的、发生在大家身边的小事。

而由这些小事里，常能见到大学问；由那些简单的话语中，常能触及心灵的深处。

01

把话说到
点子上

会说话与不会说话，常在那一念之间。懂得退一步想，就可能有个喜剧的结局；毫不考虑地脱口而出，则可能是个悲剧的结尾。

说话，
要抓住"要领"，
要抓住"要点"，
要直指人心、要干脆。

你在陈述任何一件事情之前，
都应该先想想，
用什么方法能造成最好的效果。

刘墉
人生三课

令人敏感的结果，最好不要单刀直入，
你可以先"设定底线"，
使对方知道糟也糟不到哪里去；
或者经过"对比"，
使那原本听起来很突兀的结果，显得不那么刺耳。

说话，最大的艺术就在同一句话，
你怎么说。
哪件事先说，哪件事后说。
尤其重要的是，
你要知道如何说到重点。

要别人懂之前，你自己要先搞懂。
自己早懂了的事，总要假设别人不懂，
你才能多解释一下，让对方真听懂。

要是你一开始，就很"礼让"，
就很"君子"，把线画在中间。
对不起！
对方一定得寸进尺，
最后把那条线画到你的国土上。

PART **01** 把话说到点子上 **011**

你听我说完哪

> 说话，最大的艺术就在同一句话，你怎么说。哪件
> 事先说，哪件事后说。尤其重要的是，你要知道如
> 何说到重点。

"不得了了！李太太！不得了了！"赵太太上气不接下气
地，也没敲门，就冲进李家、冲进厨房，"李太太！你家小
毛在巷口玩，一辆砂石车开过来，紧急刹车，你家小毛就倒
在车前面……"

"啊！"李太太手里的菜刀，当的一声掉在地上，脸色苍
白，直直地往外冲，才走两步，突然脚一软，颓然倒下。

"李太太！李太太！"赵太太过去摇，没反应，赶紧大声
喊，"要命了！要命了！李太太心脏病发了。"

救护车一下就到了，为李太太罩上氧气面罩，抬上车，
赵太太也陪着坐在旁边，拉着李太太的手，不断地喊："李

太太！你可别死，你可别急，你听我说完啊，我是说你家小毛倒在地上，大家冲过去看，看他自己又站起来了，一点没伤，真是走运哪！可是……可是……"赵太太哭了起来："你怎么不听我说完呢？你家小毛正和我家大宝在我家玩呢！"

有话好说

//

故事说完了。怎么看这都像个笑话对不对？

可是许多人就用这种方式说话，搞不好，你的职员里就有这种人。

"老板！老板！不好了，工厂把东西全弄错了、装反了，幸亏我过去，及早发现，告诉他们，已经全改好了，送到客户手上，一点问题都没了。"

请问，如果你是老板，听他的话，听到一半，会不会心跳加速，大喊一声："什么？怎么办？怎么办？"如果你有心脏病、高血压，是不是也跟李太太一样，可能一下子昏过去？

当你发现职员说话犯这种毛病，你能不早早纠正他吗？

他为什么不说——"报告老板，货物已经送到客户手上，一切 OK，不过原来差点出问题，因为工厂起先把东西弄错了、装反了，幸亏我过去发现，及时改过来。"

他说的是一样的事，半句也没少，只是把头尾翻过来，感觉不是好多了吗？

◎当你不想接电话的时候

还有一个常见的情况。

"我忙不完，任何电话来，都说我不在，留下姓名，再回电。"老板对秘书说。

跟着有电话进来找老板。

秘书该怎么说？她是说："对不起！老板不在，请问您是哪位？"还是换个"次序"说："您是哪位？对不起，老板不在。"

要知道，有多人就因为用后面的方法说话，而得罪了人。

当你先说老板不在，再问对方是谁的时候，对方不会多心。但是当你先问对方是谁，才说老板不在，对方就可能不高兴了——"是不是因为是我，所以说不在？"

脾气坏的人还可能因此当场冒火："他是真不在，还是假不在？"

所以，如果你交代下属或朋友，为你挡电话的时候，一定要注意他说话的方式，免得在不知不觉中得罪了朋友。

如果可能，你也可以一边忙，一边听着秘书的答话。假使他说："对不起！我们老板不在，请问您是哪位，有什么可以效劳的？"接着对方报出"名号"、电话，你一听，是重要人物，不能错过，立刻比个手势。秘书正好接下来："啊！好极了，老板进来了。"

这种默契不是最完满的吗？

◎先说结果，后道原委

说话，最大的艺术就在同一句话，你怎么说。哪件事先说，哪件事后说。尤其重要的是，你要知道如何说到重点。而且最新的结果先写，再谈事情的原委。无论你写新闻稿或说话，多半都应该这样。

譬如你看新闻，某日某时在某地，因为两辆车对撞，造成一死一伤。

新闻一开头，必定先简短地说"某地某时发生一起造成一死一伤的车祸"，再回头来说"今天凌晨五点，在某公路上的某段，由某人驾驶的小客车，与另一辆由某人驾驶的大货车，因为闪避不及，造成相撞的惨剧。小客车的 ××× 当场死亡，货车的驾驶员重伤，已经送到 × 医院急救，肇事原因正由警方鉴定中"。

请问,他为什么不在一开头,就按照发生的次序娓娓道来呢?因为那样不是"新闻"的播法,是"小说"的写法。更因为那样做会耽误时间,造成"李太太心脏病发"的后果。

◎你吃饭没有?

说话,要抓住"要领",要抓住"要点",要直指人心、要干脆。

人人都知道这个道理,可是有人说话就是不能干脆。

举个例子,你问他:"吃过饭没有?"

他明明可以直接答"没吃",却很可能绕个圈子说:"我今天早上起晚了,到中午,原来想吃,又觉得不饿,一忙,发现迟了,匆匆忙忙赶过来,所以没吃。"

如果他能懂得播报新闻的方式,先说"没吃",再做解释,不是干脆得多吗?

如果在开会的时候,大家都能抓住要领,不是会省下许多宝贵的时间吗?

说话的顺序,可以是"技巧",也可以是"艺术"。前面谈的都是技巧,下一节让我们进入艺术的领域。

一句话让你成功

> 令人敏感的结果，最好不要单刀直入，你可以先"设定底线"，使对方知道糟也糟不到哪里去；或者经过"对比"，使那原本听起来很突兀的结果，显得不那么刺耳。

"秦小姐好！"小康堆上一脸笑，"王总来了吧？对不起，我提早到了。噢！对了！我叫工厂送样品过来。"小康东张西望地说："是不是还没送到哇？"

秦小姐摇摇头。

"什么？还没送到？唉！他们老是拖。"小康立刻拨手机，才拨两下，看小廖进来了，立刻停止动作。

"小廖居然也来抢这生意。"小康心想，他跟我从同一个地方进货，麻烦了，他报价会不会比我低？心里想着，表面上还是堆一脸笑，跟小廖握了个手。

小廖的手又湿又滑，他也去向秦小姐示好："秦小姐好！"
然后也一样小声问秦小姐："请问我那样品送到没有？"

秦小姐也照样摇了摇头。

就在这时候，门开了，王总走了出来，居然没叫两个人
进去，只是匆匆忙忙地说：

"你们推销离心果汁机，有没有附加切菜功能的那种？"

"有有有！"小廖和小康一起答。

"那就现在拿一台来看看，我急需。"王总说完，居然又
进去了。

小康反应快，一个箭步，跳出门去，躲在一角拨手机：
"喂，我是小康啊！我要你们出的那台机器送来了吗？什
么？出来了？你们不是总拖吗？怎么今天那么快？麻烦你们
再出一趟车送一个 A 三型过来，拜托！拜托！"

小廖在会客室里也没闲着，他向秦小姐借了电话：

"喂，我是小廖，我急着要补一个 A 三型切菜机，如果
来得及，你们跟离心机一起送过来好不好？"

两个人拨完电话，都继续在会客室里等。

突然电话响，秦小姐进去几秒钟，便见王总穿得整整齐

齐地冲出办公室。

又过几分钟，进来七八个洋人，看王总的样子，必定都是大客户。

王总的办公室门关上，接着又打开。王总探出头来，低声吼："切菜机和离心机呢？"

"立刻到！立刻到！"小康和小廖趋前报告。

果然，正说呢，东西就送到了。三个大箱子抬了进来。

"康先生一台离心机。廖先生一台离心机，加上后来追加的切菜机。"送货员说，"请签收。"

有话好说

//

你猜，这笔大生意，小康做成了，还是小廖做成了？

当然是小廖。

可是你想通了吗？同一个送货员，同一辆车，由同一个公司出的货，两个人又在同一时间打电话，要求加送一件。

为什么小廖的赶上了，小康的没赶上呢？如果你是商场老鸟，一定早知道答案了——因为他们说话的方式。

当一个公司送货总是迟、总是慢，总挨你骂的时候，有一天，你居然盼望他还没出发，希望他加送一件东西的时候。千万别一开口就问："东西送出来了吗？"

当你这样问的时候，明明东西还没出门，他怕你骂，也会说："走了！走了！"这时候，你要他加一件，意思是让他改口说"正巧，还没走"吗？

但是，当你换个说法："我急着要加一件，如果你东西还没出门就好极了。"对方则可能说："真巧！车子正发动，我叫他等一下。"于是，你赶上了。

◎当你只考六十分

譬如，你是个学生。

今天考数学，考了六十分，你回家要怎么说？

如果你开门见山："爸爸！我数学考六十分。"

搞不好，啪一声，一记耳光过来。

但假使你拐个弯说："今天数学考试好难哟，多半的人都不及格，连向来第一名的王大毛都只考六十五分。"

你老爸问："那你考几分？"

"刚好及格，六十分。"

相信，那一巴掌绝不会过来，老爸当天如果情绪好，还能赞美你两句呢！

◎当场砸了宝贝

一个女学生上课时对老师说："我昨天打破了我爸爸的古董

茶壶。"

"你父亲有没有很生气?"老师问她。

"没有啊!我对他说:'爸爸!我给您泡茶,泡了这么多年,都很小心,可是今天不晓得怎么搞的,把茶壶打破了。'"女学生说,"我爸爸先一怔,然后笑笑,故作没事地说:'破了就破了,东西总会破的,改天再买一个新的吧!'"

她这话,全班都听到了。

无巧不巧,隔几天,另外一个女学生也为她爸爸泡了好几年的茶,也打破了古董茶壶。

她想起前面女学生说的话,照样去向她父亲报告,却被臭骂一顿。原因是,她把同样的话,换了个前后的次序说出来——

"爸爸!我打破了茶壶。"她战战兢兢地报告。

"什么?把茶壶打破了,那是古董啊!"老爸脸色大变。

"爸爸!可是我今天不晓得怎么搞的……"她解释。

"你心不在焉!粗心!"

"可是,我给您泡茶,泡了这么多年……"她又解释。

"你还强辩?"老爸吼了起来。

◎坏话要缓说

好！现在让我们回头看前面的三个故事——

"你们送货车出来了吗?"

"我数学考六十分。"

"我把茶壶打破了。"

这些都是他们说话的重点。如果是播报新闻或开会，这些重点都必须先说。但是在某些特殊的情况，为了减少"冲击"，却不得不后说。

也可以讲，令人敏感的结果，最好不要单刀直入，你可以先"设定底线"，使对方知道糟也糟不到哪里去；或者经过"对比"，使那原本听来很突兀的结果，显得不那么刺耳。

当然，还有许多情况，需要你先隐藏谈话的目的，一点一点，制造气氛，引导对方进入你的主题。

请看下一个故事。

告诉你一个好消息

> 你在陈述任何一件事情之前，都应该先想想，用什
> 么方法能造成最好的效果。

"琳达！好久不见！"

"你是……你是裘安，哇！真是好久不见了。"

"你愈来愈年轻了呢！"

"算了吧！你才愈来愈年轻了呢，我差点认不出你了。"

"我们有五年没见了吧！"

"嗯……是有五年喽。"

"日子过得真快，你儿子上小学了吧？"

"都小学三年级了！"

"真的啊！看你还跟个小姑娘似的，儿子都那么大了，
真令人羡慕。"

"得了吧！你才不简单呢！"琳达过去拍拍裘安的肩膀，

"说实话，我觉得你才真是年轻，你……"

"还没嫁呢！唉，一天到晚忙事业，不嫁了！"

"还是没结婚不显老。"琳达绕着裘安打量一圈，"多时髦！多漂亮！"放小声，"唉！传授两招，你怎么保养的？"

"哪儿有什么保养？"裘安摊摊手。

"你骗鬼呀！我不信，你一定下了功夫。"琳达的眼睛上上下下地看着裘安。

"你真要听？"裘安笑笑，"年轻，大概因为我的皮肤保养得还算好，三十五了，多半的人都有眼袋了，我没有。"

"是啊！你是没有。"琳达把鼻子凑到裘安的面前，又低下头，"你看，我就有。"

"你有吗？"裘安也贴近看，"你也没有啊！"

"有——！"琳达把"有"字拉得特别长。

"你有吗？我觉得你跟我一样啊！"裘安把琳达一把拉到镜子前面，天花板上一盏投光灯，正好打在两个人的脸上，立刻分出了"高下"。

"嗯……"裘安沉吟了一下，"一点点，你只有一点点，大概昨晚没睡好。"

"得了吧！有就是有，不像你，一点都没有眼袋。"琳达把嘴噘起来说。

"哎呀！"重重拍了一下琳达，"眼袋算什么？搽点左旋E不是就没了。"

"左旋E？"

"是啊！你没听说左旋E？美国最新基因工程的眼霜？"

"没有！"

"怪不得了，来！"裘安打开皮包，拿出一个小盒子，"我刚买的，全新，还没打开呢！你要不要试？再不然……送你好了！"

"不不不！我买，你帮我买一瓶吧！"

"你真要买？可是蛮贵的哟！"裘安拍了一下琳达，"哎呀！说错话了，以你今天的身价，哪里在乎这点钱。"

"看你搽那么管用，我当然要买，多少钱？"琳达回桌子拿皮包。

"你可真性急。"裘安跟过去，笑笑，"不过你今天也真碰对了人，我跟这家美国公司熟，七折就买到了。原价一万三，给我九千就成了。"

琳达怔了一下，不过只有半秒钟，又笑了，一边数钱，一边说："基因工程的东西，确实不便宜。"

"也确实管用。"裘安接过钱，又掏皮包，拿出一沓说明书交给琳达，"你看看，就知道为什么管用了，上面全是使用者的见证。哦！对了！"又拿出一张表格，"如果有朋友感兴趣，你也可以介绍给她们，你填这张表，跟我拿货，只要卖十瓶以上，就可以拿半价。"裘安拉着琳达到窗口，说：

"你看！下面那辆红色的 BMW（宝马），就是我的，你只要卖五百瓶，公司就送你一辆。下个月，公司还安排去夏威夷呢！"

有话好说

//

故事说完了，你大概也看懂了。

五年不见的裘安，今天为什么自己找上琳达？很简单，她要推销她直销公司的产品，要琳达做她的"组织下线"。但是，她没有开门见山地说明来意。她绕圈子，她甚至没说半句要推销的话，而是琳达自己上钩的。

妙不妙？高不高？就这样，九千块到手了。

话说回来，如果裘安开门见山就说："你看！你有眼袋了，我都没有，我介绍你一种特效的眼霜，一瓶九千块。"

琳达会买吗？

只怕当场就翻了脸："你居然说我有眼袋，伤我自尊心？原来你是要推销那什么东西，贵得要死，谁知道你不是去动了摘除眼袋的手术，再拿东西唬人？"

◎惊艳的效果

把重点或惊人的结局放在后面说，以造成"惊艳"的技巧，正是我们在这里要讨论的。再举几个例子：

1. 轻话不可重说

有个老先生，突然失眠，浑身乏力，对什么事都提不起劲，连大门都不愿意跨出半步，而且莫名其妙地想哭。

老先生去看医生。医生检查之后说："你是脑出了问题。"

老先生脸色立刻变了。医生又说："是脑里的传导物质出了问题。"

"什么传导物质？"老先生紧张地追问。

"这是一种老年忧郁症，老人家常有的问题。"医生又说，"小毛病！我给你开药，很快就会好。"

老先生一下子松弛了，差点滑下椅子。

◎

看完这个例子，你说，那位医生会不会说话？

如果同样的话，他反过来说："小毛病，吃药就会好。这是一种老人常有的忧郁症，是脑里一种传导物质出了问题……"
老先生会那么紧张吗？

2. 坏话可以好说

一个教钢琴的老师，对学生家长说："下个礼拜开始，你小
孩的学费要调涨了，由一个钟头三百五调到五百。"

家长大吃一惊："什么？一下子调高这么多？为什么？"

"因为你孩子弹得愈来愈深，现在已经进入高级班，所以要
照高级班收费。"老师说。

"他进高级班了？"家长嘴一撇，"我怎么觉得他还弹得很
烂呢？"

◎

请问，那老师，会讲话吗？

如果他把句子反过来安排——

"恭喜！恭喜！你孩子愈弹愈好，现在可以进高级班了！"
老师高兴地对家长说。

"真的啊！我还以为他很初级呢。"家长笑道，"都是老师教
得好。"

"哪儿的话！是您孩子的资质不凡。"老师摸摸孩子的头，
"不过这下升入高级班，又要妈妈多破费了，由一个钟头三百五

调到五百，你可得好好用功，别辜负爸妈的辛苦哟！"

你说，感觉不是好太多了吗？

◎

由以上这些例证可以知道，你在陈述任何一件事情之前，都应该先想想，用什么方法能造成最好的效果。你是希望对方大吃一惊，还是要他慢慢进入情况；你是希望先提供各种信息，由对方去组合，再跟你的结论印证，还是"冷不防地"给他一记，再为那"一记"做补充说明。

这样说，可能还不够明白，再举几个例子吧！

◎冷不防给他一记

譬如你主持选美会，每个小姐都由你介绍出场。

"现在出场的是来自纽约的宝琳小姐。"

宝琳小姐出场了，在掌声中，你继续介绍："宝琳小姐出生在纽约市，今年二十一岁，身高一百七十厘米，体重五十四公斤，是纽约大学的学生，主修英国文学，喜欢文学、音乐、旅行，将来希望当个作家。"

你这样介绍，是标准的主持选美会的方法。因为每个佳丽在选前都不是名人，对大多数观众而言，也很陌生，所以你可以用"开门见山""播新闻""做简报"的方式介绍她出场。

◎慢慢地由你来猜

但是，换个角度，今天如果出来的是个大家拥护的名人时，你就不能这么说了。你要换"先提供各种信息，由对方去组合，再跟你的结论印证"的方式，譬如你说——

"有一个女孩子，她天生有着甜美无比的歌喉。十岁那年，她参加黄梅调歌唱比赛，得了冠军；十四岁推出第一张唱片；十五岁，她上了《群星会》节目；二十一岁，她开始在日本走红，一九八六年创下日本三连霸。她的歌声更陶醉了中国十多亿人口。现在就让我们以热烈掌声欢迎这位国际巨星——邓丽君小姐。"

于是，响起如雷的掌声。音乐响起，邓丽君上场。

想想看，那场面多美、多轰动，大家的情绪又是多么激昂。

原因很简单——你把群众的情绪，一步一步地带到高潮。

相反地，如果你换成主持选美会的方式，一开始就说"现在介绍邓丽君小姐出场"，那感觉会好吗？而且就算有热烈的掌声，你后面继续介绍邓丽君的话，又有人能听得到吗？

当你的介绍词与群众的反应抵触，有些人想静下来听你说什么，有些人又要鼓掌，那掌声能"如雷贯耳"吗？那气势能不减弱吗？

◎当你主持会议的时候

或许你要讲："我又不主持节目，哪儿需要学这种说话的技巧？"

那么我问你，你可不可能在公司会议中介绍人，或主持同学会呢？

你是不是也能在同学会里说："有位小姐，曾经是我们班上男生做梦的对象，可惜，她早早就出了国，她还做了博士夫人，有了两个宝贝儿子。你们猜，这位贵宾是谁？她就是王玛丽。"

于是原本躲在后面的老同学王玛丽走出来，不是很令大家惊喜吗？

◎当你主持节目的时候

会介绍人与不会介绍人的效果，是差得很多的。

会用这种方法介绍的，他知道怎样不疾不徐、不多不少地引导大家的思想。他不会露出太明显的口风，不会在介绍邓丽君时早早提到日文歌（《空港》）和中文歌（《小城故事》），因为一提，大家就"弄清楚了"，场面就哗然了。

所以，许多歌星演员上节目，一定要挑主持人。他们平常也得拍着主持人，因为主持人一两句的不同，就能造成全然不同的感觉。

◎当你演讲的时候

最后，让我把同样的技巧，用在演讲里，给你举个精彩的例子——

有一个人，看来很衰，他有四个孩子，但是早死了三个；他二十二岁的时候经商失败；二十三岁竞选州议员又失败；二十六岁失恋，差点死掉；二十七岁那年精神崩溃；三十四岁，他竞选国会议员失败，再选，又失败。四十五岁他改选参议员，还是败北。直到五十二岁，他终于成功了。他成为美国的第十六任总统——他是谁？

他是亚伯拉罕·林肯！

◎

这段话多有魅力！

它的魅力在哪里？

在它一步一步释放数据，让你猜、让你想，最后"光华四射"地呈现"谜底"。

同样一段话，位置前后不同，效果完全不一样。

把话说到点子上，就要这样的技术。

乌龙大餐

> 要别人懂之前，你自己要先搞懂。自己早懂了的事，总要假设别人不懂，你才能多解释一下，让对方真听懂。

"八点了，小管怎么还没到？"金主任看看表，"舒小姐，麻烦你打个电话过去。搞不好，他忘了！"

舒小姐赶紧跑到旁边茶几拨电话："喂！"对面传来个孩子的声音。

"是小宝吗？你爸爸出来了吗？什么？还没出来，在厕所。那么你妈妈在不在？什么？你妈在灌肠？你妈怎么啦？"舒小姐瞪大眼睛抬起头，对一屋子人说，"挂了！"

"不得了了！小管的太太死了！"小陈叫了起来。

"不要胡说！"金主任沉声骂。又问舒小姐："我刚才听你在电话里说管太太在灌肠？"

"是啊！小管在厕所，大概是帮他太太灌肠，我正要问是什么病，他孩子就把电话挂了。"

"大概你听错了。小陈，你再拨个电话过去，要是真有事，大家就立刻去帮忙。"

电话又拨通了。居然是管太太接的。

"咦！管太太您没死，真好！"小陈高兴地说，"刚才舒小姐打电话去，小宝说您在灌肠。哦！原来是灌香肠，我能不能跟小管说话？"捂着话筒对大家说："小管还在厕所，他太太把电话拿进去。"接着转脸对着话筒喊："小管！你没事吧！什么，你肚子疼？没关系。不是啦！我不是说你肚子痛没关系，是说你晚点来没关系，我们先吃。"

"我们就先开动吧！"金主任叫大家入座，突然抬头看舒小姐，"酒点了吗？"

"八点二十，还没到九点。"舒小姐看看表。

"我是说酒，点了没有？"

"啊！"舒小姐触电似的跳起来，叫服务生。

服务生立刻送来酒单。

金主任看了看，抬头："'五加皮'酒吧！"

服务生出去了。金主任又一拍手："对了！点些下酒的小菜。舒小姐，劳驾你出去看看，他们那个卤鸡屁股怎么卖？"

就见舒小姐冲出门去，在走廊里对着前台喊："小姐！小姐！你的鸡屁股怎么卖？"

"一盘两百！"

◎

鸡屁股立刻端上来了，却不见酒来。

等了半天，才见老板气喘吁吁地抬来两箱啤酒，后面还跟了三个小姐，各放下一箱。

"谁点的啤酒？"金主任问。

"不是您点的吗？"老板看看单子，"上面写着'五箱啤酒'。"

"错了！"金主任吼过去，"是五加皮酒！"

老板连连抱歉地出去换酒了。突然电话响，大家彼此张望了一下："说不定小管不来了。"

小陈过去接，是个女的。

"姓焦？"小陈说，"没人姓焦。"

挂上电话，小陈耸耸肩："找姓焦的。"

正说呢，电话又响，小陈再接起来：

"小姐！你打错了，我们这儿没人姓焦。是啊，我是在321，但是没有姓焦的，您要找姓焦的，恐怕得去宾馆。"

一屋子的人，全笑了。

◎

就在这时候，小管苍白着脸出现了。

"怎么啦？肚子疼？"大家问。

"哎呀！也不是什么大病，但是不早，治不好，治又麻烦。"

"什么？"老金急着问，"不早点治，治不好。怎么治又麻烦呢？是癌吗？怕扩散吗？"

"不不不！"小管挥挥手，"是胆结石啦，不早治，不好治，又麻烦，所以我最近决定动手术。"

晚宴结束了，服务生送来账单："对不起，谁管付账？"

"舒姬英管！"老金指指舒小姐。

服务生怔了一下，问："输精管？"

正好电话响，小陈接起来，又是那位找错的小姐。

"小姐！我们不姓焦。"小陈对着话筒喊，"我们有姓舒的、姓金的、姓管的，就是没有姓焦的！有舒金管，但是不姓焦！"

有话好说

//

这不是"乌龙大餐"是什么？从头到尾都是"鸡同鸭讲"。

为什么？因为"同音异义字"，因为"不完整句"，因为"搭错线"，以及因为"文法上的错误"，这也正是本节要讨论的主题。

一、小心"牡牛"变"母牛"

有一天我在台北坐出租车，司机先生正在收听宗教节目。

圣乐悠扬，在音乐中有人朗诵赞美诗："耶稣啊！我来救你！我来救你！主啊！我来救你！"

那司机突然笑起来，看着后视镜对我说："奇怪不奇怪？明明是耶稣，是救世主，应该他救人，为什么这个人反而说他要去救耶稣呢？"

"大概因为他在念稿子吧！"我说，"稿子写得太文，那个'就你'是将就的'就'，不是去救耶稣，是去'接近'耶稣。"

"接近就好了！何必说得那么莫名其妙。"司机笑道，"要不是你说，我还真以为耶稣被钉在十字架上，要他去救了。"

因为把文学上的词句，用在日常交谈当中，造成误会，是常有的事。

譬如医生对病人说："你这是病毒引起的，病毒侵入肠胃，你要禁食。"病人心想，医生大概怕我最近没胃口，吃得少，抵抗力不够，所以要我"进食"，意思是多吃一点。结果他回家大吃大喝，吃了就泻，泻了又吃，病不但没好，还愈来愈严重。他岂知道医生的意思是"禁食"——别吃东西。

◎

譬如你告诉别人："今天有个大消息，王部长视事了。"

谁知道王部长是"逝世"，还是"视事"，你何不说白话一点："王部长今天上任了！"

譬如，你要人给你送头公牛来。古文里，公的是"牡（mǔ）"，母的是"牝（pìn）"，你明明可以说"请送头公牛来"，偏偏要表现有学问，说"请送头牡牛来"。

你能怪人家送来一头"母牛"吗？

◎

譬如孩子们参加音乐比赛，你去评审，最后讲评：

"今天参加比赛的小朋友，技巧都很纯熟，只是诠释不同，有些人的诠释实在太差。"

结果小朋友回家报告父母："我输了，评判老师说因为咱们家的权势不如人。"

明天他家长找到学校，骂你把政治带到比赛里，评审不公平，你能怪那孩子传话传错了吗？孩子不懂什么是"诠释"，你何不简单一点说"对乐曲的解释和感觉不同"呢？

除了比较深的文辞，甚至在用"白话"的时候，因为情况不同，我们也得考虑对方会不会听错。

举个例子——

"由于王先生阻挡，没有人敢组党。

"由于王先生组党，没有人敢组党。

"由于王先生阻挡，没有人敢阻挡。"

三个句子听起来一样，谁知道是"组党"还是"阻挡"？

所以在说这种句子时，你最好多解释一下。

二、小心"鸡农"变成"鸡"

刚才谈的是当我们用文言文的时候，最好能把它翻成白话，免得别人听错。但是你知道吗？许多人在这"翻译"的过程里，反而闹了大笑话。

譬如记者播新闻，播到："今天上午十点钟，两百多位鸡农，去美国领事馆抗议，他们带了三百多只鸡去，扔在领事馆的门外。"

那记者眼睛很快，当他播到"两百多"的时候，眼睛已经瞄到下面有个"鸡"字，心想鸡怎能称作"位"呢？于是他改了："今天上午十点钟，两百多只鸡农，去美国领事馆抗议，他们带了三百多……"

这时候他已经发现前面错了，怕下面再错，所以又把"只"改为"位"。于是成了"他们带了三百多位鸡去，扔在领事馆的门外"。

◎

还有一位电视记者，播报到"今天松山机场，因为空中交通拥挤，许多班机都应塔台要求，在空中盘旋几周之后，再降落"，那记者也很优秀，心想应该把"周"说成大家听得懂的白话，于是播成："许多班机都应塔台要求，在空中盘旋几星期……"

◎

以上，都是真实笑话，但是也都告诉我们一件事——

要别人懂之前，你自己要先搞懂。自己早懂了的事，总要假设别人不懂，你才能多解释一下，让对方真听懂。

三、小心喝咖啡

"小心喝咖啡。"是我以前在电视公司新闻部时"主播"们常彼此警告的一句话。意思是"小心播错，被有关单位叫去喝免费的咖啡"。

当年有位同事，就喝过这种咖啡，原因只是他播一条画展的新闻，标点没放对。

◎

还有位主播播到——

"台湾每年七八月，经常有台风。"

他也把标点放错了，成为——

"台湾每年七八，月经常有台风。"

结果被大家笑了好一阵。

◎

有一位也喝了咖啡。

他把"敌军若敢来犯我，必遭击溃。"播成："敌军若敢来犯，我必遭击溃。"

结果原来鼓舞士气的话，只因为标点的错误，反而成了"我们自己一定会被敌人击溃"。

前面故事里，小管说"不早治，不好治，又麻烦"。不也是因为"顿挫不对"，而成为"不早，治不好，治又麻烦"吗？

"停顿"，在说话的时候，有一定的好处。

譬如你说："我一生做事，坚持的只有一个字。"你停顿一下，再继续说："也就是'诚'！"这比你一口气说完，更吸引人。因为当你停顿的时候，大家都会静下来，等着听下面那个字。这一静，就产生了力量。

但是由刚才的那些"喝咖啡"的例子，也要知道，停顿错了，麻烦就大了。你尤其要注意说人名、头衔或国名的时候不可停顿。

否则你很可能把"张小燕窝在家里"，说成"张小，燕窝在家里"。

四、名字不能顺口溜

说到人名，除了不能"断位"之外，也不适于讲得太快，这就好比你写信，信里龙飞凤舞没关系，碰上人名，则得一笔一画地写。

　　为什么？因为那表示你对人的尊重——小心工整地写对方的大名。

　　那也表示你慎重，怕因为那是人名，对方不一定能"串起来猜"。尤其当你横着写的时候，那种分成两边的字更不可马虎。否则，"梅月坡小姐"，别人很可能念成"梅肚皮小姐"。"张日胜先生"，人家很可能读成"张明券先生"（胜的繁体字为"勝"）。

◎小心许成徐

　　说话的时候，遇到专有名词也一定要放慢，尤其要小心两个三声（"上"声字）的字连在一起。

　　譬如你介绍"许小姐""李小姐"。

　　慢慢说，大家听得清楚她姓"许"、姓"李"。

　　说得快，就变成了"徐"小姐和"黎"小姐。

　　这是因为两个"三声字"连在一起，第一个字自然会说成二声。

　　好比"洗手"。你一定说成"习"手。就因为"洗"和"手"都是"三声音"，所以把"洗"说成"习"。

◎小心取名字

知道了这一点，你的姓如果是三声，改天给孩子取名字，第二个字就最好避免用三声的字。

否则"李美静"，一定被人叫成"黎美静"。

"柳小婵"一定被人叫成"刘小婵"。

◎

再进一步谈。把人名说得太快，也会造成某些特殊的人名，完全"变样"。

如同故事里的"舒姬英"，读起来成了"输精"。是因为"姬"和"英"，一说快，就拼在一起，成了"jīng"。

又譬如"吴晚兰"，说快了，成为"晚兰"。"黎衍长"，说快了，成为"脸长"。是因为"姓"和"名"——"吴"和"晚"、"李"和"衍"的音拼在了一起。

五、小心使用"倒装句"

我母亲在世的时候，一听到她的老朋友生病，就会说："某某人又病了，我真感谢上帝，我比她大十岁，还健健康康的。"

每次听她说前两句，大家都会吓一跳，心想她怎能这么幸灾乐祸呢？直到后两句出来，才搞懂她的意思。

毛病出在哪儿？

出在她用了"倒装句"。

前面故事里，金主任问"酒点了没有？"，大家听成"九点了没有？"也是一样的道理。

换句话说，他如果讲"点酒了没有？"谁会听错呢？

◎

倒装句最容易惹麻烦的就是当别人只听一半，或是当你上广播电视节目，经过剪接，剪掉你后半段话的时候，容易造成误会。

◎ "重音"的妙用无穷

"重音"能够加强语气，能够表现抑扬顿挫，更能使你传达更清楚的意思。也可以说——

重音位置不同，同一句话意思可以完全不一样。

举个例子：同样"我请你吃饭"这句话，就有不同的讲法——

当你女朋友以为是别人请客，而不愿参加你的聚会，说："我跟他们又没交情，为什么要他们请？"

你可以说："又不是他们请，是'我'请你吃饭。"

当她耍小姐脾气说："我不去！就是不去！"

你说："拜托！拜托！我'请'你吃饭！"

她还是不去，说："我去，可以，但是要带我妈一起去。"

你急了！说："我请'你'吃饭，不是请你妈吃饭！"

她还作怪，说："我累了，没力气。"

你更急了，说："我请你'吃'饭，又不是请你做饭。"

"我就是不爱吃面食，你每次都勉强我。"她发小姐脾气了。

"我不请你吃面好了吧？我请你吃'饭'！"你也发了少爷脾气。

你看！妙不妙？同样一句话，因为你强调的"字"不一样，味道可以完全不同。

所以，不要认为"重音"不重要。如果你想把话说清楚，就得非常注意"重音"。

"你要饭吗？"

"你姓阚吗？"

来！试试看！这两句话，该怎么说？

看谁耐得住

> 要是你一开始，就很"礼让"，就很"君子"，把线画在中间。对不起！对方一定得寸进尺，最后把那条线画到你的国土上。

"我们要占百分之七十。"美国代表麦克才坐下来，就斩钉截铁地说。

"那就没什么好谈了嘛！"方副总扯了扯周总的袖子。

"不不不！可以谈。"周总只当没听到，对麦克笑笑，打开手上的资料，推了过去，"您看看，将来的市场，单单在我这边就有多少，而且还在成长。"他指指资料上的一页，"再说，运费贵，我们这边人工又便宜得多，何必舍近求远呢？"

那麦克，居然连资料都没瞧一眼，就还是那句话：

"百分之七十，少一分都不成，这不是我的想法，是我公司的底线。"

"问题是……"方副总看看周总，对麦克说，"我们的底线也是百分之七十。"

麦克突然把手上的文件夹一合，又把椅子往后挪了挪："那就没什么好谈的了。"接着把脖子伸长，盯着周、方二人："喂！你是用我的品牌啊！"

"好！好！好！"周总把方副总一挡，"第一次合作，我让！我占百分之六十，一下子减少一成。行了吧？"

"不行！"麦克哼了一声，低头翻他自己的文件，找出一页，也推过桌子中间，"你们二位看看，这是上次你们来美国，大家开会的备忘录。"

"不错不错！"周总笑道，一边做样子翻了两页，"可是您要知道，今天我们打开了东南亚的市场，此一时，彼一时嘛！"

麦克沉吟了一下："东南亚，你保证销多少？"

方副总立刻叫了起来："奇怪了！你为什么没看我们传给你的资料呢？"

"看了！"麦克重复了一遍，"看了！"又低头翻他手上的东西，突然抬起头，"好吧！我让，我们要百分之六十。"

周总没吭气，方副总把脸望向窗外，天已经暗了，看看表，快六点了。"先吃饭吧！"周总说。

◎

肚子填饱，两边的语气好多了，不过那冷战的气氛还在，双方的下属，虽然在另一桌，也都安安静静。

"继续谈吧！"周总伸伸手，"已经很有进展了！"

麦克想了想，又去跟他的副手咬咬耳朵，回来说："好吧！谈不成也没办法，明天我们非走不可。"

挑灯夜战，一张大长桌，双方二十多人，只听见文件翻动和咖啡杯碰到碟子的声音，居然僵在那儿，连交谈的机会都没有。

不过总算双方都有了妥协，降到各坚持百分之五十五。

"我已经让步太多了，让了百分之十五了。"麦克搓着手，又看看表，"看样子，没希望了。"

"有希望！有希望！"周总居然还是笑嘻嘻地说，"继续讨论嘛！"话没说完，方副总插话进来：

"周总，您是怎么啦？已经让到五十五了啊！"

◎

夜深了，可以感觉外面街上变得安安静静，偶尔有救护车开过的声音。

两边人都在打呵欠，却又都捂着嘴，不让人看见。

上厕所的人也多了，还有人出去抽烟。只有周总和麦克，还各自一页一页地翻资料。

那些文件他们早看过几百次了，这看，是真看？还是装样子？没人知道。

麦克终于忍不住了，站起身，用眼神示意一下随员，一起站起来，再跟周总、方副总握了握手，耸耸肩："我已经尽了最大的努力。"

两批人往门外走，周总突然拍拍麦克，小声说："糟糕，我忘了讲，最近澳大利亚有人来过，他们也打算下单。"

"哦？"麦克苦笑一下，"那又能下多少？"

"未来难说哟！"周总拍拍麦克，"再谈谈吧！"

麦克迟疑了，僵在大门口。

往外一步，两边就吹了；往里一步，难道十一点半，还要继续？

方副总也过来鞠个躬，伸长了胳臂，请麦克留步。

麦克深深吸了口气，隔了半分钟："好吧！就百分之五十吧！希望我们做最大的让步，能换来以后更大的成功。"

◎

真是"柳暗花明"，事情突然变得出奇顺利，深夜十二点半，周总把麦克送回旅馆，才回到车上，就一个电话打去董事长家：

"对不起！让您久等了，居然谈成了，各占百分之五十。"

就听那边一片欢呼声，原来董事会几个"大头"都在那儿。

这边麦克才进房间，也拨了越洋电话：

"太成功了！太成功了！硬是没被他们吃定，硬是谈成了——百分之五十！"

有话好说

//

　　如果你初入社会，一定会觉得匪夷所思："怎么可能？两边原来都坚持百分之七十，最后居然会双双让步，谈成百分之五十。要让也不可能这么让嘛！"

　　但是如果你在商场和外交圈久了，一定就能了解，什么叫作"谈判"，什么又叫"折冲樽俎"。

　　谈判就是把原来不可能谈成的事谈成。"折冲樽俎"就是把几乎已经撕破的脸，变成笑脸。当然这"谈判"与"折冲"，也就是说话的最高艺术了。

◎先进两步，再退一步

看政治和外交的新闻，你一定常会骂："奇怪了！为什么双方都要那么坚持？退一步海阔天空嘛！"等到峰回路转，双双做了让步，你又可能骂："早知道后来会让，何不一开始就别坚持？"

如果你这么说，就是太外行了。要知道，谈判好比两国争疆界，双方一定都往对方那里画线，然后一点一点退、一点一点让，最后终于达成共识。

要是你一开始，就很"礼让"，就很"君子"，把线画在中间。对不起！对方一定得寸进尺，最后把那条线画到你的国土上。

现在你就可以了解，前面故事里，其实双方都在演，都在熬，都在耗，耗到最后的底线。在那耗的过程中，任何一边松口，对方就占了便宜。耗到你不行。

"耗"是一门很大的学问。不知你有没有听过这么个笑话——

有个书商招推销员，挨家挨户去销他们的新书。每个来应聘的都能说会道，只有一个，居然是严重的结巴。"你行吗？"书商问。"……行……"那结巴花了五秒钟才答一个字。"好好好！"书商笑起来，"你就试一天吧！"

一天过去，大家都回来交成绩。居然结巴卖得比谁都多。"为什么？"大家不信。

"因……因……因……为……我……每到……一……家，

就……就……打开……开……书书书书……说……我……
我……念……念……"

笑话说到这儿，你看懂了吗？结巴成功，因为他会"耗"!
当初那书商用他，不也是受不了他说话的速度吗？只怕他的同
事也受不了他的答案，他才讲一半，大家就说听懂了。这虽然
是个笑话，但是也呈现一个事实——

慢慢熬，慢慢耗，慢慢谈，许多原本谈不成的事，都能谈成。

◎疲劳轰炸的战术

人有个毛病，就是禁不住疲劳轰炸。譬如一个人去选家具，
他看了这样看那样，逛完这家逛那家，比比这比比那，最后听
累了、走累了，很可能莫名其妙地选了他最后看到的那一样。

那一样真是最好的吗？只怕不是！但是他已经倦了，早完
早好，他只想把事情办完，于是做了决定。仔细想想，公司里
许多会议，不是都拖来拖去，拖到最后一分钟，"散会"之前，
"挑灯夜战"才通过吗？那些决定，都是最深思熟虑的结果吗？
抑或只因为大家都太累了？

◎设下谈判的陷阱

再让我们回到故事里的百分之七十这件事。要知道，会

推销的人，除了会先占地盘，再一点一点退的技术，还会使用"陷阱"。

举个例子，一个房地产掮客，他可能带你看几十户房子。那些房子不是太旧就是太贵。当你发现原来房子这么难找，正想打退堂鼓的时候，他突然告诉你一个好消息："有个才推出的房子，真是千载难逢的机会，被你碰上了。"他带你去，果然！样样都合适，你立刻买了，心想："唉！早知道看这一户就成了，前面何必浪费那么多时间。"

你岂知道，他带你看那几十户，就是为了要你买这一户啊！他先把你的锐气挫到最低，再给你豁然开朗。这就好比前一个礼拜医生先说你恐怕有"大毛病"，这个礼拜检查报告出来，又告诉你"没问题"一样，使你在大失之后有了大得的喜悦。

◎**请你随我来**

那掮客的技巧，处处可用。譬如你要请女朋友看电影，你知道她想看《绿女郎》，可是你实在受不了那种爱情文艺，你想看的是《绿侠客》。你能问女孩子"要看《绿女郎》还是《绿侠客》吗"？

当然不能！于是你可以说："有好几部电影给你挑，有《黑武士》，很残酷，有砍头的镜头。""恶心！不要！"她喊。

"还有《黑蜘蛛》，是恐怖片，保证你尖叫。""我才不要呢！"她又喊。

"对了！还有一部《绿侠客》，动作加爱情……""就看这部吧！"

于是你成功了，因为你设了陷阱，让她比较，然后做了"你满意"的选择。

◎对比的艺术

说话讲究气氛、讲究环境。而那气氛与环境则包括了最重要的"对比"。如同你结婚请伴娘，不会请一堆比你艳丽高挑的，最起码你会找与你差不多的（甚至比你丑多了的）。这样对比之下，才不使你失色。

谈判也一样，那是一连串的"暗地较劲"，你必须把自己的阵势布好。随时暗示你的底线，随时让他比较各种条件，认识"你"，也认识"他自己"，你更可以把他有的选择摊在他面前，用对比的方式，把他带到你要的方向。

最后，我要引用一句外交界常说的话："如果有绝对谈不成的事，就不叫外交了。"面对多么大的冲突，你都要学前面故事中的那位周总，笑笑："可以谈，有希望！"然后，把事情谈成。

02

把话说到
心窝里

最能把话说到心
窝里的，总是最
能为别人设想，
也总能退一步思
考的人。

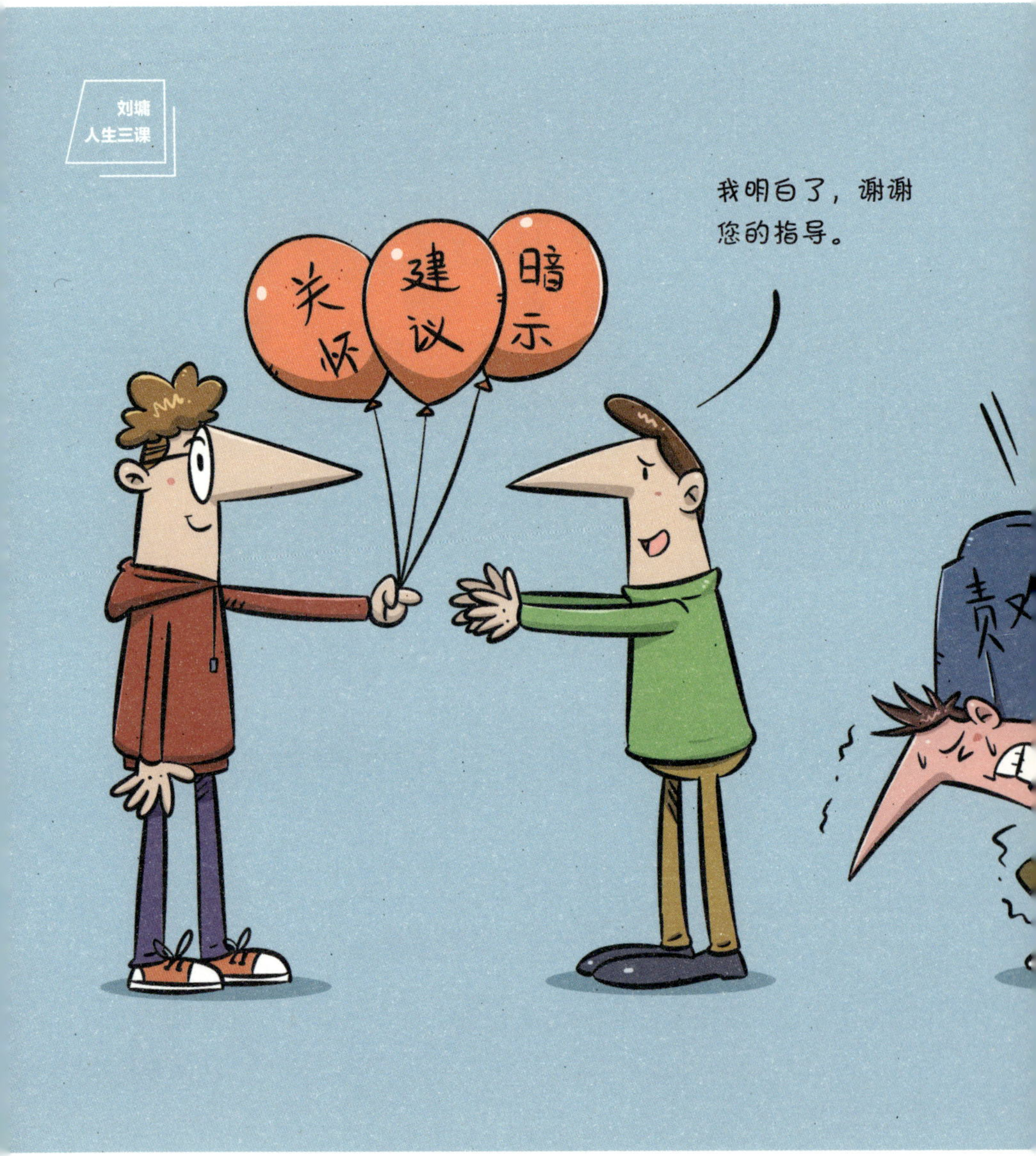
关怀
建议
暗示
我明白了，谢谢您的指导。
责

以关怀代替质问，
以建议代替责难，
以暗示代替直言。

许多人就有"要别人领他情"的毛病，
只要他做了，
他就不能不说，
他唯恐别人不知道他做了。

一个会说话的人，总能探知对方的想法；
一个会打电话的人，总要猜测对方当时的环境。
只有在适当的心情与环境中，才能把话说到心窝里。

同样一件事，
你可以硬说，也可以软说；
可以"正着说"，也可以"反着说"。

懂得说话的人，
不但要挑吉时，
更要挑环境。

既然有错，无论大错还是小错，
你就不可能推得一干二净，
反而因为炮火集中，
愈使人觉得你"强辩""死不认错"，
愈使你的小错成为大错。

餐桌上翻脸

> 许多人就有"要别人领他情"的毛病，只要他做了，他就不能不说，他唯恐别人不知道他做了。

"天哪！怎么这么久才出来？"圆圆刚走出门，小郑就喊。

"飞机误点，你不知道吗？"

"我不知道。我已经等了两个半钟头了。"

"我不是叫你先打电话问航空公司吗？"

"哎呀！早点到也好嘛！免得你出来看不到我，会生气。"小郑把语气放缓。

"那你干吗怨等久了呢？可不是我要你等的。"

两个人没再多说，车子开上高速公路，突然下起倾盆大雨。

"幸亏买了这辆好车，要是以前那老爷车，真不知道怎么开。"小郑瞄着前面迷迷糊糊的景物，把雨刷调快一点，

"我就知道你会常出国，总得接送你，所以买这辆……"

话还没说完，圆圆已经喊了：

"你得了吧！你一共开车接送过我几次？你是为自己拉风，少算到我头上。"

◎

才见面，气压就降到了谷底，小郑不吭气了，心里在算一共接送过老婆几次，果然没几次，但是灵光一闪：

"可是……可是我接送孩子啊！你不在的这段时间，都是我接我送——"

又没说完，就被圆圆打断：

"喂！孩子不是你的啊？什么我的我的，我问你，孩子怎么姓郑啊？"

小郑又不吭气了，车进市区。

"不早了，你直接把我送去公司好了。"圆圆说，"今天还有的忙呢！"

"你不回来吃晚饭？"

"难说，你带孩子先在外面吃好了！"圆圆下车，又回头指指行李箱，"哦！对了，我箱子里有一包天津蜜枣，新鲜的，临走朋友给的，你和孩子尝尝，应该不错。"

◎

小郑带孩子吃完晚饭回来，就把蜜枣洗好，放在盘子里，叫孩子先吃。

"一共才五个，你吃两个，给爸爸妈妈留三个。"小郑交代。

就见孩子挑了两个最红最大的吃了。正吃呢，圆圆回来了，一脸倦容，居然还没吃饭。

"我就猜到你没吃。"小郑把一个餐盒往圆圆前面一推，"我刚才特别为你带了一份，菜比我们吃的还好。"

"谢啦！"圆圆打开餐盒，开始吃。小郑则坐在旁边看，正不知说什么好，看见盘子里的三个枣子，伸手过去拿了一个，正要咬，又放回去，换了个小的回来。

枣子小，没两口就吃完了，小郑还拿着枣核，一小口一小口地慢慢啃，再把剩下的两个枣子推到圆圆面前：

"一共只有五个，孩子挑了两个最大的吃了，我只吃了一个最小的，你劳苦功高，剩下两个给你。"

"你不要说了好不好？"没想到圆圆把盘子又推了回来，"你刚才挑个小的，我早看到了，你的好意，我心领了，统统给你吃，我不吃！"

"欸！"小郑抬起头来，"你是怎么搞的，怎么我好心没好报了呢？"回头看孩子，"娃娃！你说！妈妈是不是没良心？爸爸照顾你、接妈妈飞机，为妈妈买便当，给她留大的枣子，她对爸爸态度还那么坏，娃娃，你评评理！"才五岁大的孩子，看看爸爸又看看妈妈，好像见到两座活火山，突然哇的一声哭了。

好！娃娃哭了，她不能评理，请你评评理。

圆圆是不是没良心？

小郑确实为家做了不少事，圆圆明明应该感激，为什么态度反而不好呢？

换作你是圆圆，你是不是会对丈夫在机场等了那么久、买新车接送、照顾孩子、多买一份便当、把好的枣子留给你，而——感谢，甚至感动得流泪？

如果你是新婚，大概会。

但是如果你们相处久了，婚姻关系已经发展成一种相互的义务，那反应可能就不同了。

今天为什么有那样的结果？可能两个人情感本来就不怎么样，也可能圆圆旅途劳顿，公务缠身，情绪不好。

但更大的可能是——

两个人都不会说话啊！

◎你何必说呢？

"你做就做好了，何必说呢？"

这是许多夫妻吵架时说的，如果下面还有话，则可能是："你做，不用说，我自然会看到。今天你说出来，要我领你的情，对不起！我不领！"

人都有这个心理，就是不愿意领别人的情。因为欠钱能还，钱有一定的数目，是多少就是多少；情却是抽象的，欠了，不知怎么还。

问题是，许多人就有"要别人领他情"的毛病，只要他做了，他就不能不说，他唯恐别人不知道他做了。而且愈是平常做得少的人，愈有这个毛病。

这道理很简单——

今天好不容易，我做了一点事，显示我不是废物，没有尸位素餐，我怎能不大大宣扬一番呢？

于是你很可能听见家里平常最不爱动手的某人对你说：

"哎呀！今天垃圾车来，你不在，我赶死了，那垃圾真臭，还直滴水，害我趴在地上擦了半天。"

如果你听了不高兴，心想："好不容易动一下手，何必吹呢？"而回他一句："那你就不要倒嘛！多放一天有什么关系？"

他听到，很可能马上就跟你不高兴，因为他要你领他情，你偏偏不领这情。

◎你少"现"了！

在办公室里，这情形也非常普遍，某人因为打翻削铅笔机，弄了一地木屑，不得不扫扫，于是顺便也把四周扫一下。

然后他开始说，这地上多脏，他看不惯，所以很辛苦地扫了一番，甚至因此闪了腰。

你看在眼里，心想："得了吧！别邀功！"然后回他一句："你扫你那边就好了，我没觉得需要扫，而且下班之后，清洁工会来扫。"

他是好心没好报，也可能因此不高兴。

◎少往人身上推

你信不信，我有个学生，她母亲得了乳癌，总是对那学生说："妈妈都是为了你，才硬撑着不死。"

那学生本来就叛逆，听一次、两次、三次，有一天不耐烦了，居然回她娘："你要死就死好了！不要说活着都是为了我。"

我之所以知道这事，是因为这学生对我说，她知道自己大逆不道，说了伤母亲的话，可是她也说："不知道为什么，我就不喜欢她把什么事都往我身上推。"

◎不吹牛、不邀功

《论语》里记载，孔子有一天要弟子们谈谈自己的志愿。颜渊说："愿无伐善、无施劳。"翻成白话是"希望不自夸有本领、不夸大自己的功劳"。再说简单一点则是"希望能不吹牛、不邀功"。

颜渊这句话讲得真对！你要把话说得动听，就要先做到不吹牛、不邀功，因为那是最令人反感的事。

请问，你是不是常在别人"吹牛邀功"的时候，嘴上虽不说，心里却暗骂"得了吧！少吹了！算了吧！我不领你这情，没有你，我一样过得好好的"。

吹牛和邀功也可能用另外一种方式表现。

某人送你一个礼物，他每次到你家，看到那"东西"就说"哇！这可是我花了多少钱……""哇！这东西真棒！我愈看愈觉得棒……"。

你听了会有什么感觉？你表面虽然少不得要再感谢一番，心里会不会想："可以了！可以了！够了！难道要我还给你？"

◎ **你要先开口**

把话说到心窝里，你先要用自己的心，想别人的心。当别人邀功时，你听了不高兴。他不邀功，又生怕你不领情、不知道的时候，你要怎么说？

你要主动说！

想想，如果圆圆在机场先开口："哎呀！飞机误点，你一定等久了，真谢谢你，这么早就来接我。"

如果圆圆在看到小郑为她多买的便当时，先开口：

"哇！你好好哟！怎么会猜到我没吃晚饭。"

如果圆圆在看到小郑挑小的枣子吃，把大的留给她的时候说："你全吃了吧！别给我留，我在天津已经吃过了，谢谢你这么体贴。"

这几句话，不是比什么都贴心吗？

所以圆圆和小郑不高兴，也要怪圆圆，她显然不够温婉。

◎ **堵上他的嘴**

同样，当你发现职员私下为公司效了力、家人自动帮你做了事，你不等他开口邀功，先主动赞美他两句，不是既让他舒心，又能"堵上"他的嘴吗？

还有，遇上那爱邀功的人送你东西，不必等他开口，你先说："来！你看看，你送我的东西，放在这儿，多配！真是太感谢你了！"

甚至遇到你以前的老师、领导，你今天有成就，他反而不如意时，你先开口说："都是因为您的教诲、提拔，我才能有今天。"

你这句话能不说到他心窝里吗？他原来酸溜溜的，甚至嫉妒你，想倚老卖老，要你饮水思源。但是没等他开口，你先说了，他能不高兴吗？

更重要的是，你先开口，显示了你的风范，更表现了你的有情。

◎施人慎勿言，受施当言报

把话说到心窝里，最重要的就是要"有情"。

如果你是付出情的人，你只能做，不能说，你要让对方自己去感觉。你只要一说，那就不再是纯纯的情。

相对地，如果你是接受情的人，你在接受的同时，也要说出心中的感激。因为你能鼓起勇气，说出来，就已经是很好的报答。你感谢的言语，必能获得对方更多的关爱。

古人说："施人慎勿念，受施慎勿忘。"如果改成"施人慎勿言，受施当言报"，应该更能落实于生活之中，也更能令人感动啊！

你为什么不早说

> 一个会说话的人，总能探知对方的想法；一个会打
> 电话的人，总要猜测对方当时的环境。只有在适当
> 的心情与环境中，才能把话说到心窝里。

故事一

自从规定"开车接打手机要罚款"，小潘就觉得很不方便。因为每天上下班，小潘一定得接电话，而且兹事体大，非接不可。

为了这个，小潘特意去买了一个附耳机的大哥大，电话铃一响，就赶紧把耳机戴上。

不过这也很不方便，甚至可以说危险，因为电话响，总先心头一惊，急着抓耳机，往耳里塞，又常手忙脚乱塞不进去，有两回差点没抓稳方向盘，出了车祸。

所幸又出了个新产品，总算解决了小潘的问题。那是

个手机的扩音器，只要设定自动接听，电话响一声，不用按"接听钮"，就可以像跟身边的人一样——"对讲"。

这一天小潘在上班的路上，对讲得正开心，突然看见路边有辆车抛锚，开车的女人直摇手，居然是自己老婆。于是匆匆忙忙撂下一句"对不起，我要停车，等下再谈"，就把车停在路边。

"太太怎么啦？"

"怎么啦？你没看见吗？轮胎爆了。"

"我打电话叫车行派人来修。"小潘说。

"不行不行，我今天早上开会，你送我一程吧！"

太太的命令岂敢违背，小潘赶紧陪太太上了自己的车，还叮嘱太太绑安全带。

礼拜一，交通特别挤，怎么钻都快不了，太太还直发急。

突然电话响，立刻自动接通了。

"喂！"一个女人的声音。

"喂！"小潘心一惊，不知道怎么答。

"喂什么喂？"那头女人发飙了，"是我啊！你怎么搞的？出了什么事啊？"又换成娇滴滴的声音，"你到底过来不过来嘛？"

啪！一记耳光从旁边打了过来。

故事二

"嘉娟！你还没睡啊？"

"爸爸，我哪儿有那么早睡啊，而且我正想打电话给您呢！"

"打电话给我？什么事？"

"问您什么时候回来啊！旧金山现在的天气好舒服哟，您快点来吧！我天天看卫星新闻，台湾好热啊！"

"我不怕热，我还不想过去，一个人在这儿清静。"

"清静？您不寂寞吗？"

"我才不寂寞呢！跟几个老同事聚聚，好极了，比回去跟你娘在一块儿，耳根不得清静，好多了。"顿了顿，"喂！嘉娟，你可别跟你妈说我嫌她，你就说我有老同学聚会，现在还走不开。怎么样？你老娘还好吧？"

"好啊！"嘉娟一笑，"您要不要问她？她正在听分机。"接着喊，"妈！您自己跟爸说吧！"

啪！老太太没说，在那头把电话挂了。

故事三

"老板好！"

"不好！我告诉你，等会儿两点钟汪老头要来，他来没好事，你小心应付，就说我突然牙疼，又联络不上他，叫他改天再来。"

"他要是问您到哪个牙科，我怎么说？"

"那……那你就说我不舒服，去看病，不知道去哪家好了。"临挂电话，张总又叮嘱秘书，"还有，老汪喜欢东翻翻西翻翻，可别让他进我办公室，翻我桌上的东西。"

"他不会翻的！您放心。"秘书得意地说。

"你怎么知道他不会翻？"

"我已经给他几本杂志，他正坐在我对面看呢！"

有话好说

//

　　看了上面三个故事，你大概要笑"他们都太笨了"。问题是，这世上不是有太多人，都犯了这种笨毛病吗？你带朋友回家，看电话有留言，想都不想就按下键，播出的留言正好在骂你那朋友。你就不能等朋友走了，或等他进洗手间的时候再听吗？

　　你跟朋友聊天，他一个一个骂，骂到你最亲近的人，你不吭气，听他骂，到后来有人提醒骂的人，你跟被骂者的关系，场面立刻变得十分尴尬。就算当时没人说，他以后知道了，怎能不猜你会告状，于是造成更紧张的关系？

◎抢一步说话

说话多半要礼让，给对方空间，让人家说，别打断他的话。

但是在某些情况，你却得主动插话，把事情说清楚，把话题岔开，或是抢先发言。

记得有一次我下午两点钟接到女儿校长的电话。

"我是小帆的校长，没什么急事。"那校长先很快地这么说，然后才一笑，"我打电话是向你报告，你的女儿得奖了。"

我后来细想，那校长前面说的两句话具有学问。为什么？

因为他知道家长在上课时间接到学校电话，一定会大吃一惊，猜孩子是不是出了什么意外。

所以，他要抢话，在我血压上升之前，先告诉我："没什么急事。"

◎您有没有两分钟？

我也记得有一次到百货公司，看见卖化妆品的小姐各自发挥本事促销。

有的小姐问："要不要给您介绍最新的产品？"

有的小姐说："太太！您的皮肤最需要这种保养品了，来试试吧！"

有的小姐说："小姐！您如果用我们这种眼影，一定会更美。"

说实话，她们讲得都不错，抓住人们尝新、抗衰和爱美的心理。

但是我发觉那边生意最好的一个柜台，里面几位售货小姐最高明，坐在她们前面接受化妆的人也特别多。

你猜，她们怎么把人拉过去？

她们说得很简单："小姐！您有没有两分钟，让我为您补补妆。"

多高明啊！她不批评顾客原来的妆，只说补妆，免得引人反感；她也不说要你买，或用你许多时间，而强调"您有没有两分钟"。

◎先探虚实

"对不起！耽误您两分钟。"

"对不起！你是不是还在忙？"

"用您两分钟，跟您报告一件事，不知道行不行？"

"不知道你现在说话方便不方便？"

这都是很平常的话，却可能有大效果。你想想，如果你正忙，有朋友来电，你刚要说改天再谈吧，他却先开口了——"只用两分钟"，你是不是可能想大不了两分钟，看他好像很急，就捺着性子听了呢？

结果两分钟让你听得高兴，延长到十分钟，只怕你还主动对他说："别急，我还有时间。"

于是许多原本办不成的事，就这样办成了。

◎ 小心我在外放

有些情况，是不能不抢话的。譬如你在家，因为手上忙，于是用手机外放，除了你，四周的人也能听到你们的谈话，这种情况下，你就应该抢先告诉对方："我现在在用外放。"

你绝对不能在发现对方的话可能不适于旁边人听的时候才提醒，因为那时已经造成了损害，而且往往是大损害。

每个人都会感激别人在背后赞美自己，也都特别痛恨那些在背地说小话的人。

想想，前面故事里的嘉娟，没能一接电话，就告诉自己老爸"妈妈在分机听"，那老太太听到丈夫对女儿骂自己，能不血压上升吗？

再想想，张总的秘书，明明知道老板最讨厌的汪老头在对面（只怕正虎视眈眈地盯着她），却第一句话就让汪老头知道来电的是张总，已经就不高明了。

岂止如此？她竟然不但不抢一句，暗示汪老头提早到了，还与张总对答，而且对答的内容让汪老头猜得到。

汪老头能不火大吗？

◎隔墙有耳

在今天这个商业社会，你接任何电话，只要旁边有相关的人，除非你存心让那人知道，否则都应该使用技巧，不让那人听出来是谁来电。

在安静的地方你应该把话筒贴紧耳朵，免得耳尖的人听到谈话内容。你更不能在对方谈到"那人"时，用闪烁的眼神偷偷看那个人。

在今天，当你打电话给朋友，对方不称呼你名字，或语气特殊的时候，你也应该有警觉，主动问他："你现在是不是不方便说话？"而当你发现接电话的人用极小声接听时，则应该猜想他正在开会、探病、参加丧礼或在图书馆，进而主动了解状况，快快挂电话。

还有，电话才响，对方就接听的时候，你要主动问对方是不是急着等别人电话。在铃响许久，对方才接听时，你则要问他是不是在忙，或自己是"插拨"进去。

一个会说话的人，总能探知对方的想法；一个会打电话的人，总要猜测对方当时的环境。只有在适当的心情与环境中，才能把话说到心窝里。

向左转向右转

> 同样一件事，你可以硬说，也可以软说；可以"正着说"，也可以"反着说"。

故事一：MP3 事件

砰的一声，门被踹开了，冲进一批警察，也不管学生们的阻挡，就把桌上的计算机和各种文件全部收走。这还不够，又打开抽屉、掀开床铺，把能找到的片纸只字，全装进箱子，当场由检察官封好，一声令下，带走！

消息在校园传开了，更透过网络，不到两个钟头，让全国的大学生都跳了起来："政府凭什么来搜我们学生的东西？全世界的学生都在下载 MP3 的音乐，我们只是自己欣赏，为什么要抓我们？"

愤怒的学生立刻团结起来，联署抗争，而且到教育主管部门递陈情书。

教育主管部门的负责人出面了。他不像平常面对学生时的笑容可掬，而换成了面罩寒霜，严肃地对学生说：

"你们如果侵犯知识产权，违法就是违法，怎么联署都是不对的！"

消息经媒体报道，全国的大学校园都沸腾了，学生们密集聚会，商量对策，准备做更大规模的"抗争"。

教育主管部门也开了紧急会议，商量如何安抚学生不稳的情绪。

教育主管部门的负责人又邀集各新闻媒体，发表谈话。

这次他笑了，笑着以很肯定的口气说：

"我一定会尽最大的努力，为学生争取他们应有的权益。"

故事二：整顿金融事件

号称要打倒过去一切腐败的新政府上台了。

面对旧政府贿选、贪污、利益输送、官商勾结造成的许多问题，新上台的经济部部长发表谈话，一个字一个字地宣示新政府的决心和魄力：

"对于那些体制不健全的企业，该倒的就让它倒。"

民心大快，商界却哗然，股市连着狂泻。

新的政府领导人出来讲话了：

"经济部部长说得很对，政府要努力帮助企业，不该倒的，就不要让它倒!"

故事三：老婆发飙事件

美国核子潜艇因为长期在海底，很怕艇上官兵的情绪不稳，出问题，造成大祸。所以任何家属要跟艇上人员通信，都得透过电报，而且电报内容要先经过审核。

一个艇员的太太原本以为结婚纪念日，丈夫会好好表示，即使不送礼，也发封电报回家，没想到那糊涂老公居然忘得一干二净。

这太太火大了，写了封教训的信给丈夫。正要发，突然想到："不成! 这样会过不了关，老公根本收不到。"于是把信撕掉，重写一封：

"亲爱的老公! 谢谢你那么细心、那么体贴，还能记得我们的结婚纪念日，送我一克拉的钻戒，好爱你! 亲爱的!"

几天后，回信来了：

"亲爱的老婆，你真神，怎么寄在路上的钻戒，你能够事先就猜到呢! 你聪明的老公上。"

有话好说

//

同样一件事，你可以硬说，也可以软说；可以"正着说"，也可以"反着说"。这当中的运用，就是说话的技巧——

譬如，有一天你赶时间，又不好对开车送你的朋友直说，你可以一上车就问：

"走哪条路最不堵车？"

他如果敏感，自然会回问："你是不是赶时间？"

◎反话正说

又譬如你跟个朋友做生意，因为是朋友，而且初次交易，觉得话不能说得太硬，但是怕他不准时交件，于是你说："只要您准时交件，我绝不会少您一文钱。"

他自然能会意，你言下之意是：

"只要你不准时交件，我一定扣钱。"

◎明话暗说

提到准时交件，使我想起有个出版社跟我约稿，而且急如星火，我准时交件了，书也出版了，而且上了畅销书排行榜，只是对方非但没有如约定的付我稿费，连书都没寄给我。

我实在有点不高兴，想打电话骂他："书早出版，都上排行榜了，为什么却没给我寄一本来呢？"

但是跟着，我想那样说，实在有伤情面，还是换个说法吧，所以打电话过去，先问问对方好不好，再问书出了没有。那书的宣传大极了，我怎可能不知道？他又怎能认为我不知道？只是彼此心照不宣。

没几天，我收到他的挂号邮包，稿费也入了账。

◎三思而言

古人说"三思而行"，也可以讲"三思而言"。同一句话，你不但要三思，而且应该想三种说法。举个例子：

你觉得太太的脸太苍白了，应该化化妆。

你能直说"你脸太苍白"吗？还是问："你为什么不化妆？"

抑或，你用正面讲法："你可以化化妆。"

甚至更技巧一点，说："太太啊！如果你再化点淡妆，一定会更美。"

◎

同样的道理，你的孩子不用功，你是劈头就骂："你太不用功。"还是用问句："你为什么不努力一点？"

抑或换个句子——"其实你只要稍稍加把劲，成绩一定就会上去。"

◎今话昔说

还有一个方法，是用"对比法"。譬如——

你觉得太太最近实在像"吹气"似的，愈来愈胖，却又怕伤她自尊心，不敢直说："你太胖了！该节食了。"

于是你换个方法说：

"跟今年比起来，你去年瘦得多。"

她听了自然心里有数，你是说她今年胖得多，恐怕成汽油桶，该少吃一点了。

◎旁敲侧击

再举个更妙的例子。

我有个朋友到大陆旅游，什么都新鲜，什么都好玩，归期一延再延。一副乐不思蜀的样子。

他太太一个人在台湾管家里的生意，火大极了，对着婆婆抱怨："他也不想想家里有多忙，这次说五号回来，今天都二号了，他还没确定，我要打个电话去问他，到底准不准时回来？我一个人扛那么大的公司，要扛不住了！"

婆婆一笑："我也急，但是何必那么问呢？你可以换个方法啊！"

于是那太太照婆婆教的，打了电话去，语气非但不硬，还十分温柔：

"我真是怕你买太多东西，行李太多，要不要五号晚上七点，安排一辆大一点的车去接你？因为公司忙得我晕头转向，得早点安排这事。"

你说，多妙啊！她把要问的事全问了，要说的事也全说了，却让丈夫感觉那么窝心。

所以把话说到心窝里，不难！最重要的就是——

以关怀代替质问，以建议代替责难，以暗示代替直言。

落井下石

> ▍懂得说话的人，不但要挑吉时，更要挑环境。

虽然只是中度台风，却带来台湾四百年来最大的雨量，北部几个城市全淹了。

憋了一整夜，听楼下人家大呼小叫，原来的巷道成了小河，河上漂着桌子椅子、猫啊狗啊！还有橡皮救生艇隔一阵就砰砰砰地开过。

早上十点，水总算退得差不多了，小陈换上短裤，又穿上雨靴下楼，推了半天，推不开门，再使尽力气撞，才把门撞出个小缝，原来外面积了一尺多的稀泥。楼下的邻居正清理呢，把屋里的东西一样样往外扔，差点打到小陈。

"拜托！"小陈叫了一声，"小心点！"

"噢！"邻居瞪他一眼，"没想到你在家，我还以为你一家都跑了呢！昨天我们淹到胸口，想把东西往你那儿搬，怎么按你门铃，你都不开门。"

"我没听到啊！"小陈摊摊手，突然想起，"对了！因为停电哪！你为什么不喊、不敲门呢？"

"我喊了啊！也敲了啊！"邻居弯着腰把个电视抬出来扔在泥浆里，砰的一声，溅了小陈一腿泥，他只当没看到。

"我没听见！"小陈用手擦擦腿上的泥。他心里知道，他根本就听到了，而且听了一夜。

◎

往前走，没几步就走不动了，因为雨靴里全灌了泥浆，干脆把鞋脱了，提在手上，蹚着泥浆走。好不容易走到高处，远远看见自己的车，居然没泡水，心中有几分得意。

但是这得意没多久，因为四周停满别的车，车子开不出来；"地铁"又成为"地下河"，废了。小陈只好光着脚走，走了一个多钟头，才到自己的服装店。

◎

一夜豪雨，据说淹了一尺多，电全断了，大楼地下室淹水，紧急发电机也泡汤了，铁卷门都打不开。

一排店面，门口全挤满了人，还有警察，先验明正身，证明是那家店的老板，再用电锯、铁锹，帮着店家把铁卷门撬开。

每撬开一扇门，就听见一阵惊呼，跟着是男人的咒诅和女人的哭号。

小陈的两个职员居然也到了，跟小陈三个人，借了把铁锹，自己撬开门。

哗啦！居然还从里头流出一摊水。"这铁卷门对外不能防水，却能把水存在里面不放出来。"小陈骂了几句三字经，再推开玻璃门，往里看，这一看，就差点晕了过去。

◎

中午，居然有慈善团体沿街途送便当，小陈和其他店家，一起站在人行道上吃，一边吃一边叹气："最起码半个月没法做生意，房租可得照付。我们这生意还怎么做啊！"

隔壁店小邱哭丧着脸，凑近小陈："小陈啊！咱们是同一个房东，那老萧好像人还不坏，咱们请他减点房租吧！"

"成吗？老萧那个臭脾气。"小陈鼓着眼睛，看看小邱。

"你口才好，你去说，说不定成呢！"

"为什么你不去说？"

"我不敢哪！"小邱双手合十，拜了拜，"说成，我请你吃饭。"

"好！我去说。"小陈把便当一搁，"我正想说呢！"接着跑上楼去。

老萧就住顶楼，上面盖了违建，大概因为用轻建材，雨太大，四处漏水，老萧正穿个内裤，跟他老婆往外倒水呢。

"还没吃午饭哪？老萧！"小陈打个招呼。

"午饭，谁给？"老萧没好气。

"刚才楼下就有人发便当啊！"

"我没听见。"老萧擦擦汗，站直了，"你知道有便当，为什么不给我要两份哪？你是我的房客啊！"

"哎呀！对不起！对不起！我没想到。"小陈笑笑，"不过提到我是房客，您有空下来看看，我店里全淹了，损失惨重，所以我来跟您商量商量，是不是能减点房租？"

"什么？"老萧突然跳了起来，冲到小陈面前，"谁没损失啊？你知道我损失多少吗？我最近股票已经损失一千多万了，你给吗？你给吗？"老萧把一双脏手伸到小陈面前，又推了小陈一把，"落井下石，房租一毛钱也不能减，要减，你就给我滚蛋！"

◎

"都怪你，要我去说，挨顿臭骂，说要减房租，就滚蛋。"小陈下来对小邱抱怨。

小邱没吭气，摇摇头进去了，一边跟老婆丹丹收拾泡水的东西，一边把小陈的事说给丹丹听。

丹丹低头听了一阵，突然抬头说："我去！"也不管小邱拦阻，就冲了出去。

◎

"你是谁？"老萧大声对着门外喊。

"我是您房客小邱的太太。"

"你也是来……"

"我是给您送便当来的，听说您还没吃东西，会伤身的。"

"这就是免费便当？"老萧把便当一把接过去。

"不！是我特别为您二位去买的。"

"噢！谢了！"老萧居然笑了笑，叫老婆拿椅子，"请邱太太坐。"

"谢谢您，我不坐了，店里东西全淹了，我还得下去收拾。"丹丹鞠个躬，下楼了。

傍晚，骑楼外堆满了泡水的东西，好像战后。

小陈和小邱两口子，坐在门口，拣还能洗能卖的衣服。

突然看见半截宝塔摇过来，是楼上的老萧，正看地上那些扔出的东西呢！

"损失不小啊！"老萧看看丹丹手上泡了水的裙子，"看来你们损失比小陈大，他还有两个员工，你们只有两口子。"

说完，转身走了，走几步，突然回过头来："小邱的房租，从这个月开始，减收五千块。"

有话好说

//

为什么小陈专程去谈，没谈成的事，由丹丹出马，只字未提，事情却成了呢？

将心比心，相信你一定知道答案——

因为小陈在房东最忙、最累、最狼狈，而且肚子最饿的时候去谈。有谁在这时候脾气会好呢？

不错，丹丹去的时候，老萧还在忙，也还在饿，但是丹丹不是去跟老萧讨价还价，而是为老萧"雪中送炭"哪！

◎**要雪中送炭**

每个人都一样，对"雪中送炭"，在失意时照顾自己的人加倍感激；又对趁火打劫，在自己最慌乱的时候，还想占便宜的人加倍痛恨。

当老萧得到丹丹送去的便当，把肚子填饱了，又用几个钟头时间，把屋子清理干净之后，心情平静了，也就是他最能"心平气和想事情"的时候。

他可能想："小邱的太太真不错，居然知道特别去买两个便当来给我吃。"

他也可能接着想："她怎会知道我没东西吃？当然是那混蛋小陈下去说的。"

他又可能猜："其实小陈小邱都想来要求我减房租，只是先由小陈代表。其实丹丹上来，也为这个目的，只是这女人懂事，送便当，没提房租。"

由于此刻他已经静下心来，可以想得更多，他或许想到："本来景气就不好，小陈小邱再一淹水，更完了，如果我不减房租，只怕他们不租了。那时候我又能立刻找到房客吗？如果几个月没有新房客，我损失更大。"

老萧忖度一下，心里已经有个谱：

"减他们一点房租，把他们留下来，反而有利。"

可是当他再想到小陈上来，非但袖手旁观，不帮忙，没为他拿便当，还开口就说减房租。老萧的火就又上来了："这简直是落井下石嘛！是可忍孰不可忍，对这种薄情寡义的人，我决不能便宜他。"

所以在老萧下楼之前，早已有了定见，他是经过盘算之后，早决定主动为小邱夫妇减房租的。

◎ 说话挑"吉时"

中国人嫁娶开张乔迁，常要挑时辰，其实说话办事更得挑时辰。

什么是"挑时辰"？挑时辰就是找最恰当、对自己最有利的时间去"进一言"，当然也就是避开"凶时"。

如果你还是个孩子，想找老爸老妈谈事，你会找老爸有"起床气"、老妈急得发疯的一大早去谈吗？

如果你是职员，就算你想了一夜，有一肚子气、一肚子委屈，你能在主管才进办公室，堆了一桌文件，急着处理，或急着要去开会的时候，去跟他争吗？

如果你要讨价还价，跟人理论，你会在对方肚子正饿，急着要去吃饭的中午十二点打电话去吗？

如果你想找人"调头寸"，你会在他家里正高朋满座、大宴宾客，或居丧开吊、满面戚容的时候去伸手吗？

甚至，你想向女朋友求婚，你再急，又能急到冲进她办公室，在她忙得不可开交的时候"下跪"吗？

所以连你谈情说爱，甚至接吻，都得"挑吉时"。

许多女生拒绝男生的"第一吻"，都不是因为不喜欢那男生，而是因为当时环境不宜啊！

◎说话挑地方

谈到环境，懂得说话的人，不但要挑吉时，更要挑环境。

为什么有许多人明明不爱运动，却要去打高尔夫球？因为打球的时候，山清水秀，徜徉其间，是最好说话的时候。

为什么有些人谈事，要在对方出差时追到国外，因为他知道对方出国，总比在办公室多些"自己的时间"。有些人甚至为此大破费，跟对方一起买头等舱机票。为的是在这长程飞行中，他要躲也躲不掉，正可以借机会攀谈哪！

我认识一个"外交官"，明明忙得要死，居然还接受邀请，要坐四个钟头飞机，去参加一个民间社团的晚宴。只是临上飞机，他又突然不去了，原因是另一位宾客不能到。

别人不到，干他什么事？

当然有关系！因为他接受晚宴的目的，只是想借机会跟那位平常见不到的官员同桌攀谈攀谈。那官员不去，他当然也不必去了。

但是你再想想，那官员为什么不去？他会不会也因为知道"外交官"要同桌而回避呢？

◎碰上火暴脾气的人

我还知道一位商界的大佬，能力虽强，但脾气奇坏，许多摸不清他脾气的人，只要跟他讨价还价，一定搞砸。因为他是当面"一寸也不让的人"。

但是摸到他脾气的人，找他讨价还价，另有一套办法。他们不是先透过他的副手，探探他的口风；就是不打电话，只传真。

据说每次他听到副手传话，或收到传真时，都会咆哮："门儿都没有！"

但他的咆哮，只有他副手和他自己听到。

隔一阵，他又会出来叫副手找资料，重新考虑，就像前面故事里的老萧，接着一百八十度转变——"成了"！

由此可知，把话说到心窝里，先得找对方把"心窝"敞开的时候说，你甚至得为此，先打探对方的习性，谋定而后说。

受气包的报复

> 既然有错，无论大错还是小错，你就不可能推得一干二净，反而因为炮火集中，愈使人觉得你"强辩""死不认错"，愈使你的小错成为大错。

"怎么样？旅途愉快吗？"琳琳帮小秦把行李抬上车。

"你不要糗我了好不好？你又不是不知道。"小秦闷闷地说，"我快气炸了！"

"气炸了！真的吗？"琳琳笑笑，"我听的怎么不是那么回事呢？李副总，还有要走的刘经理都讲，你打电话回公司说好极了，还说小牛好极了，你们处得很好。"

小秦脸色突然变了："你是信我还是信人家？我说快被气死了，就是快被气死了。"

"可是……可是你为什么打电话回公司的时候，不告小牛一状，还说他表现很好呢？"琳琳把语气缓下来，"要不是

你叮嘱我，我都想去参小牛一本了。"拍拍老公，"我老公太
受委屈了嘛！"

"不吃着，有什么办法？"小秦一边开车，一边叹气，
"谁让我外文不好呢？碰到洋人都由他开口，我本来就处于
劣势，我能跟他翻吗？翻了又能完成任务吗？不管怎么样，
几笔生意全谈成了，气就忍下来吧！"

"可是……"琳琳"可是"了老半天，才小声说，"你知
不知道，那姓牛的倒告了你不少状？"

"我当然知道。"

"那你为什么不告回去？"

"他愈告，我愈不能告，两个人都告，让老板怎么想？"

"问题是，老板会不会就认为你是饭桶、窝囊废呢？"

"你说什么？"小秦吼了起来，"连你都这么说。"

"你别急嘛！喂！我是你老婆，我只是为你不平。"

◎

当天晚上，公司就举行了庆功酒会，为这次谈成几笔大
买卖庆祝。

小秦和小牛当然是主角。

廖董事长和方总经理也都到了，廖董一见小秦面，就握
着小秦的手问："怎么样？还好吧？"

"好极了！好极了！"小秦笑着回答。

"那就好！那就好！"廖董又拍拍小秦的手。

方总也过来拍拍小秦："一路上辛苦啦！你们两个主任，都是大才，能合作，不容易。"又歪着头，盯着小秦："胜任还愉快吗？"

"愉快！愉快！"小秦的脸一下子红了起来，他不知道那"胜任"两个字，有没有弦外之音。

抬头看，小牛那边可热闹了，除了跟几个女同事，好像八百年不见，又搂又抱，还大声卖他的洋文。

"不错嘛！出国一个月，英文更棒了，简直就像美国人说的。""看样子，洋人都被你唬住了。""哎呀！你忘啦！小牛是留美硕士，本来英文就棒。""会不会交上什么洋妞啊！""不会改天一下子成为洋女婿，飞到美国去了吧？"

几个女生，你一言我一语地逗小牛，还放肆地尖笑，愈显得小秦这边冷清。尤其当他隐隐约约听到李副总对小牛说这次出国的表现，对他升官大有帮助，小秦的心更是一下子跌到谷底。

"我说嘛，你不告他状，让他吃得死死的，到最后，他一定爬到你头上。"才进门，琳琳就把皮包一摔，"一晚上，我觉得呕死了！"抬起泪眼，"你知道吗？你那几个女同事，已经叫小牛'牛经理'了。你说他好，根本就是保送他上垒嘛！"

小秦没吭气，一晚上两口子没说话，也都没睡好。

翌日，天才亮，小秦就起来了，坐在床沿上说："听你的，我今天就去跟李副总报告，我实在忍无可忍了。"

小秦早早就进了办公室，注意着门外，李副总来了没有。

九点二十，才见电梯里走出方总和李副总，算着他们进了办公室，小秦赶紧拨电话过去。

王秘书接的，一接就先说："好极了！好极了！老板正要找你呢！快过来吧！"

小秦的心一下子寒了，脸色变得苍白。"完了！已经迟了！"他心想，"不知小牛又说了什么，只怕得卷铺盖了。"

小心翼翼地推开李副总的门，吓一跳，居然廖董和方总都在里面，正谈笑呢！看见小秦，立刻静下来。

"坐！坐！"廖董叫小秦坐下来。摸着山羊胡子，盯着小秦看，看一阵，笑了："看不出来，你这么年轻，能有这份城府，不！不叫城府，叫容人之量。你知不知道小牛一路告你的状？"

小秦点点头。

"你既然知道，每次我问你，你为什么还夸小牛表现好?"方总在旁边问。

"这是 teamwork（团队协作），我得跟他配合，他外文比我强。"

廖董突然大笑了起来，指着小秦："这话有语病哟，我半句洋文都不通，怎么样？我该走路？"

小秦脸一下子红了，一屋子人却笑了。

"做领导人不是只靠学问，更要有雅量，我过去没看出来你这么能忍，是大才。"廖董抬头看看方总，"怎么样？你们可都同意了啊！"再拍拍小秦，"下个月刘经理离职，由小秦接！"

有话好说

//

廖董讲得一点没错——

要一个公司好，主管必须有容人的雅量。学问再好，如果容不得人，只会打小报告、搞小圈圈，只可能把公司弄得鸡犬不宁。

所以小秦的成功，在于他能忍，他不要在外国客户面前丢人，也不想让国内的领导不安，即使知道小牛不断告他状，他非但不辩，还反过来赞美小牛。

◎赞美你的敌人

"赞美敌人"正是说话的重要技巧啊！

你今天不小心，犯了错，一个个跟你有宿怨的人，都出来责怪你。

这时候你能辩吗？

你只要一辩，大家的炮火就对准了你的错。既然有错，无论大错还是小错，你就不可能推得一干二净，反而因为炮火集中，愈使人觉得你"强辩""死不认错"，愈使你的小错成为大错。

相反地，你乖乖认错，反过来赞美那些骂你的人，说："他是长辈，我一定尊重他的教诲，好好反省、改正。"或"他是先进，我以后要多向他请教。"

"伸手不打笑脸人"，他还好再骂吗？

你赞美他，他还对你穷追猛打，别人会怎么说？只会说他不厚道吧！

◎以怨报德、以德报怨

很多情势就是这样逆转的——

你一定常碰到，甲跟你赞美乙，改天你遇到乙，他却狠狠地骂甲。这时候你会不会说："喂！我跟你说，甲可是才跟我说你好呢！"

当你这么讲时，乙一定一怔，他能怎么答？

这一刻，他已经输了。

结果乙骂甲的事实被忽略了，那以怨报德的不合人情的做法，反而成了焦点。

许多人就因为懂得这一点。譬如你明明知道某人会参你一本，你反而抢先一步，出来公开赞美某人。

某人听说，原来要骂你，不是也骂不出来了吗？就算原来要大骂，不是也得改为小骂了吗？

◎给他面子，给你里子

赞美对手还有个好处，就是给自己挽回一点面子。

你一定常看见拳王争霸战，拳击手在比赛前对骂的场面，好像是不共戴天之仇，非第一回合就把对方撂倒的样子。他们甚至在记者会上就能大打出手。

比赛日子到了，两个人杀气腾腾地上台，一开始就出重拳，打得双方都血流满面，眼睛肿得像胡桃似的，不得不切开放血。

然后，强弱渐渐分明，终于甲拳手一记重拳，把乙拳手打倒在地，再也爬不起来。

接下来，记者访问，那战败的乙选手还讲狠话吗？如果是积分落败，还有话讲；而今被击倒在地，还有什么话说？败军之将不可言勇啊！

于是他可能一百八十度大转变，居然说："甲打得太好了，我虽然打得不差，但是他更棒，他是当今世界上最伟大的拳王，我还要再努力，再找他挑战。"

◎你老大，我老二

想想，乙为什么不再说大话？为什么反而赞美甲是最伟大的？

再想想二〇〇一年九月六号，美国网球公开赛，桑普拉斯在阿加西老婆面前，场场"抢七"，硬是把阿加西淘汰出局之后，阿加西为什么没有叹自己球运不好，场场都只输那么一点点，反而握着桑普拉斯的手说："这比赛真令我高兴！"然后拍拍桑普拉斯："在下一场决赛，把冠军赢过来。"

他们这样说，是在给自己"做面子"啊！

你是世界第一的拳王，我只比你差一点点，是第二。

你拿冠军，表示我只差冠军那么一点点。

相反地，如果我骂你是最烂的，或咒诅你下一场输掉。不是相对地，我输给你，就比最烂还烂了吗？你再输一场，就表示我是别人"手下败将"的"手下败将"了吗？

◎不否定别人

赞美你的敌人，是一种很高超的说话艺术，最起码，你说得出口，就表示了修养。

赞美别人，也包括"不否定与你不同的人"。

举个例子，你今天去看画展，心里想："那根本是乱抹，烂透了！"但是你不能直说，直说只能显示你的自大和自以为是。

于是你可以说："我不懂他的画，但是我相信他这么表现，一定有他的道理。"

◎ **尊重你的对手、放宽你的心胸**

更高境界的赞美，是对那些输给你的人，表示尊敬——比赛完毕，你是胜方，你先伸出手去。

殊死之战，你把顽敌击溃了，你厚待他的战俘，安葬他的士兵，甚至带领同袍，向死者行礼，表示你尊重他这个"誓死不屈的敌人"。

你显示了泱泱的风范，也用敌人誓死不屈的"军魂"鼓励你的战士，这不更显示了你的伟大吗？

有容乃大！

一个会说话的人，总是心胸和视野最宽阔的人。只有心胸宽的人，他的话语才能厚道；只有视野宽的人，他的话语才能公正。只有这二者都宽的人，才能不卑不亢，用真情"把话说到心窝里"！

03

教你幽默
到心田

幽默像太极拳，
有软中带硬、实
中带虚、四两拨
千斤的效果。

幽默不只是聪明人的专利，
而是大家都能
灵活运用的社交方法。

刘墉
人生三课

懂得幽默的人，
绝不是只要要嘴皮子、编编笑话或损损人，
而是知道认清对象、把握机会、制造气氛，
再"不轻不重、不多不少"带动情绪，
甚至化解尴尬场面的人。

凡事都有两面，
你会发现当你从另一个角度思考时，
常能有不一样的领悟，
产生惊人的智慧。

张冠李戴，是这种笑话的特色。
它们最高明的地方，是"山不转，路转"，
好比打太极拳，借力使力，
一句"我们双方都错了""怎么只有签名？"
"就由我来让吧！"就四两拨千斤地做了强力的反击。

恰如其分的幽默

> 懂得幽默的人，绝不是只要耍嘴皮子、编编笑话或损损人，而是知道认清对象、把握机会、制造气氛，再"不轻不重、不多不少"带动情绪，甚至化解尴尬场面的人。

不知道你有没有碰过这样的情况——

你的女朋友（或老婆）怕痒怕得要命，平常你只要轻轻抠她一下，她就会笑个不停。

但是，这一天，她跟你不高兴，你试着过去挠她痒，又挠她最怕痒的地方。

奇怪了，她居然一点也没反应，搞不好，还穷凶极恶地吼过来。

又过一阵，你试着讨好她，看她好像气消得差不多了，再过去挠她痒。

她先不吭气，嘟着嘴。突然间，扑哧笑了，笑着对你又追又打。

你们"雨过天晴"了。

◎幽默要不轻不重

幽默就像抓痒。

抓轻了，不痒，没有效果。

抓重了，不是痒，是痛，得到反效果。

抓得不是时候，对方不但不痒，还可能冒火。

所以懂得幽默的人，绝不是只要耍嘴皮子、编编笑话或损损人，而是知道认清对象、把握机会、制造气氛，再"不轻不重、不多不少"带动情绪，甚至化解尴尬场面的人。

◎幽默要认清对象

谈到"认清对象"，让我先讲几个真实故事：

1. 相爱不渝管啥用？

有一天，我参加个喜筵，证婚人是位德高望重、年登耄耋的将军。

显然已经早有人为将军写好稿子，还为了省将军的力，由司仪在旁为将军捧着稿子念。

虽然已经八十多岁，老将军依然中气十足、字字铿锵：

"你俩真是郎才女貌、百年好合，而今结成连理，真是珠联璧合，祝你们白头偕老，相爱不偷……"

大概因为稿子没写清楚，还是将军眼力不佳，把相爱"不渝"念成了"不偷"。

这时候幸亏司仪机警，赶快小声在将军耳朵旁边说："不是不偷，是不渝！"

就见将军眉毛一扬，稿子也不看了，没好气地说：

"不渝管什么？不偷就成了。"

这有多幽默啊！

可是，下头上千的宾客，看将军拉着一张脸，竟没有一个敢笑。

2. 当领导说错话的时候

也是位德高望重的老先生，以主办方的身份在一个国际大会上致辞，欢迎来自世界各国的代表：

"我们有来自中南美洲国家的代表，像是委内瑞拉、尼加拉瓜、危地马拉、乌圭拉……"

糟了！

老先生把"乌拉圭",念成了"乌圭拉"。

站在旁边的人赶快偷偷捅了老先生一下:

"不是乌圭拉——"

"噢!"不待那人说完,老先生已经改口了,大声喊,"拉乌圭!"

这也是多么好笑的事啊!

但也和前面婚礼上的情况一样,没有人敢笑。

3. 我们是"人端"

小时候,我每个礼拜天都跟母亲去做礼拜。

那教堂的牧师普通话和闽南语都能说,只是有时候发音有点奇怪。

记得最清楚的,是有一次他证道,讲到"八十岁的人瑞",居然说成"八十岁的人端"。

这时就见台下的教友交头接耳:"是人瑞啊!他怎么说人端呢?"

问题是,大家都小声议论,始终没人去纠正。

所以隔了许多年,我又去那教堂,还听见牧师大声说"人端"。

好笑的是,连我母亲也学会了"人端",还把这错的发音教给小孙女：

"奶奶是'人端'，你也是'人端'，奶奶九十岁，在这端；你九岁，在那端！"

有话好说

//

◎认清对象再笑

我说这几个故事，就是证明：同样的话语，当你没有认清对象的时候，常常不好笑。

为什么？因为大家不敢笑，或是不敢往好笑的地方去想。

所以，如果你是个平常很严肃的人，今天居然想说个笑话，你最好干脆先声明。

"让我说个笑话给大家听。"

使那些平常怕你三分的人，能解除武装，好好进入你的笑话。

话说回来，如果你当天的身份不对，就算你有"天大的笑话"憋在肚子里，也最好别吭气。

◎说笑话要一气呵成

除了身份，控制场面和制造气氛，也是你在表现幽默时要注意的事。

举个很普通的例子，一桌人聚餐，经常酒过三巡之后，最是打开话匣子的时候，也最有说笑话的机会。

可是，你是否常见到，一桌人分成两三组，各自扯着喉咙说话，这时你对自己那一组人说笑话，才说一半，另一组人发觉你正说"好听的"，于是打岔："你是不是说笑话啊！我也要听，再说一次。"

于是你不得不从头再讲一次，结果听过的人因为已经听了半个，新鲜感已经没了，你又因为再讲一次，热劲已经不足，结果原本十分好笑的笑话，只剩下了七分"笑力"。

逆向思考的幽默

> 凡事都有两面，你会发现当你从另一个角度思考
> 时，常能有不一样的领悟，产生惊人的智慧。

◎梁实秋的幽默

不知道你有没有读过梁实秋的《雅舍小品》。

梁实秋不愧是散文大师，看他的文章，不但能见到他博
古通今、西学中用的功力，更常常"惊艳"到他逆向思考的
幽默。

譬如谈到孩子。

他劈头就说："我一向不信孩子是未来世界的主人翁。"

你正惊讶，他又补一句：

"因为我亲见孩子到处在做现在的主人翁。"

两句话，把孩子称王的现象全形容了。

又譬如他谈到节俭：

"晚上开了灯，怕费电；关了灯，又怕费开关。"

短短两句话，把抗战时期的穷困和那时科技差，电灯开关容易坏的情况，全幽默地表现出来。

还有，当他谈到教书先生打麻将的时候，就更幽默得"精简"了：

"黑板里来，白板里去。"

短短八个字，把教师辛辛苦苦在黑板粉笔灰间赚钱，又两三下，从"红中""白板"里输掉，表现得既生动又讽刺。

◎ **"晨更鸡"与"夜猫子"**

梁实秋写文章幽默，平常讲话也如此。

他跟韩菁清结婚之后，两个人生活习惯完全不同，二人分房睡，梁实秋每天清晨四点起床，五点写作，晚上八点就睡了。

韩菁清恰恰相反，不过中午不起，夜里总要到两三点才睡。

"这样也好。"梁实秋对我说，"她早上不起，正好给我安静，专心写作。我晚上睡得早，正好她得到自由，可以跟她那群夜猫子朋友去吃消夜。"

"如果她的朋友要请您一块儿去吃消夜，怎么办？"有一天，我开玩笑地问他。

"那简单！"梁实秋一笑，"他们请我吃消夜，我就请他们吃早点。"

◎爱与不爱

又有一回，一群人聊天，谈到一个朋友最近失恋了。因为她的男朋友移情别恋。

"她失去了一个她爱的男人；她的男人找到一个真爱的女人，她真可怜！"有人说。

"不！"梁实秋手一挥，"应该说，她失去的是一个不爱她的男人，那男人失去了一个真爱他的女人。"

◎逆转式的幽默

梁实秋先生所用的这些幽默，就是"逆转式"的。

逆转式的幽默，需要逆向思考。

如同"孩子是未来世界的主人翁"，你逆向思考，先否定了那个句子，再转回来，说"孩子在做现在的主人翁"。

"开灯怕费电"，你立刻逆转为"关灯怕费开关"。

"朋友请你吃消夜怎么办？"你不要正面作答，立刻反过来想："那票夜猫子早上都得睡觉，我就报复他们，请他们吃早点。"

至于谈失恋，就更是逆转式思考的典范了，因为明明原来是个负面的想法：

"那女人失去她爱的男人；相反地，那个男人反而找到个他爱的女人，真是太亏、太不公平了。"

经过逆转式的思考，却成为：

"那女人失去的只是一个不爱她的男人，那男人失去的却是一个深爱他的女人。真正损失的是那个男人哪！"

◎信手拈来的幽默

逆转式的思考，常能表现大智慧，带来大启发，所以这种幽默常是高格调的。

又因为"它"是根据原来正向思考，改为逆向思考，所以也比较容易引导出来，显得顺理成章。

最高级的幽默，必然是顺理成章，好像信手拈来，却能引人会心一笑的。

但是因为它非常难，往往要有特殊的机智，又经过长久训练，才能发挥，所以如果你是"初学"，最好由最简单的"逆转式的句子"开始，且最好把以下这些现成句子都背下来，马上就派上用场。

1. 今之女德

有人说："女子无才便是德。"

你说:"不对!今天应该讲'女子无德便是财'。"

2. 女人可爱

有人说:"美丽的女人都可爱。"

你说:"不对!应该是可爱的女人都美丽。"

3. 为谁服务

你丈夫参加选举,输了。

胜选者的老婆出来谢票:

"谢谢大家使我丈夫当选,让他为大家服务。"

你也出来谢票:

"谢谢大家使我丈夫落选,让他为我服务。"

4. 天使与魔鬼

某人问:"听说那女生是'天使面孔,魔鬼身材'。"

你笑笑说:"差不多,只差一点点,是'天使身材,魔鬼面孔'。"

5. 直销的口号

某人对你吹他的直销商品:

"我不是要你买，是好东西与好朋友分享。"

你故意重复他的句子，但是改动一点：

"我知道！我知道！是好朋友与好东西分享。"

6. 醉翁之意

一群朋友饮酒，有人笑你："只怕你是醉翁之意不在酒，是对旁边的小姐感兴趣。"

那小姐则说："你们别想歪了，我可是'醉酒之意不在翁'。"

你则回道："随便你们怎么说，我是'醉酒之翁不在意'。"

7. 人无远虑

有人感叹地说："真是人无远虑必有近忧啊！看看！最近有这么多烦心的事。"

你则安慰他："哎呀！应该讲是'人无近忧必有远虑'，你看！你太太好、孩子好、家好，自己身体也棒，身边没什么好操心，反而往远处想太多了。"

8. 只要你给我……

电视上漂亮的新闻女主播说：

"你给我三十分钟，我给你全世界。"

你马上喊：

"我愿意给你全世界，只要你给我三十分钟。"

9. 群雄并起

有人说现在政局混乱，真是"天下大乱，群雄并起"，你则可以翻过来讲：

"只怕是因为群雄并起，所以天下大乱吧！"

又有人说：

"现在什么都讲关系，有关系就没关系。"

你则把话转一转，笑道：

"相反地，没关系就有关系！"

10. 君子坦荡荡

有人说他最近应酬多，又缺乏运动，所以胖了五公斤。

你就安慰他：

"孔子不是说了吗？君子不重则不威！"

有人怪你在公开场合打赤膊，你也引孔子的话：

"孔子早讲'君子坦荡荡'啊！"

11. 散童才子

有个号称才子的朋友，未婚，交了一堆女朋友，据说还生了好几个孩子。

有人笑称他那点薪水全给了女朋友，真是"散财童子"，你则笑称："只怕是'散童才子'啊！"

12. 女人不坏

有人说："男人不坏，女人不爱。"

你接一句："只怕应该反过来说——'女人不坏，男人不栽。'"

◎应该背下来的笑点子

好！我在这儿举了十二个例子，如果你是幽默的初学者，我建议你把它们都背下来。

今天跟朋友聊天，就试着用上去，保证你能把大家逗得大笑。

而且你可以顺着这条路，碰到任何一个句子，都试着用逆转式的思考。

凡事都有两面，你会发现当你从另一个角度思考时，常能有不一样的领悟，产生惊人的智慧。

　　更妙的是，逆转思考，使你可以把负面的事看成正面，如同落选的人虽然不能为大家服务，却更有时间照顾家，为家服务。

山不转路转的幽默

> 张冠李戴，是这种笑话的特色。它们最高明的地方，是"山不转，路转"，好比打太极拳，借力使力，一句"我们双方都错了""怎么只有签名？""就由我来让吧！"就四两拨千斤地做了强力的反击。

我女儿小时候很刁钻，总要做我和妻的"电灯泡"。

有一天，我带着八十五岁的老母、太太和女儿去看电影。

将近客满了，虽然买到四张票，却是两两分开的。

我想跟妻坐，就在进场的时候唬小丫头：

"你陪我妈妈坐，我陪你妈妈坐。这样才公平，对不对？"接着把小丫头和奶奶安排在一起，并和妻走到电影院另一边的两个位子坐。

小丫头一副很不愿意的样子，可是才四岁多，她歪着脑袋想，发觉我说的没错，只好跟奶奶乖乖坐着。

电影开演了，正演到精彩处，突然旁边挤进来一个小黑影，大声对我喊：

"你去陪你妈妈坐，我来陪我妈妈坐！"

有一年去意大利，在罗马的一家餐馆吃晚餐。

酒足饭饱，账单递过来，我正掏信用卡，太太把账单拿过去瞄一眼："怎么这么贵？我们没吃这么多啊！"

问题是，我接过来算了算、加了加，没错。只是再多看一眼，有了发现——餐馆居然把一九九七年也当作一九九七里拉①加了进去。

"哇啦！"当我指给侍者看时，他摸着额头大叫一声，立刻跑回去改。

可是后来好几个旅行团的朋友都说这是饮酒税——意大利餐馆常用来对付喝了酒而糊里糊涂的观光客的"灌水法"。

----

① 里拉：意大利的旧本位货币。——编者注

◎ 相反式的幽默

前面说了两个故事，你知道我要谈哪一种幽默吗？

我要谈的是"相反式"的幽默。

乍看，"相反式"跟"逆转式"没什么差异，它们同样有两段，后一段突然来个一百八十度改变。但"相反式"通常主体没有变。就好像前面故事里"陪妈妈""一九九七"，那些东西一点没变，只是换了一个角度想，或被张冠李戴。

对！

"相反式"也可以说是"张冠李戴式"，那帽子没变，只是戴在了别人的头上。

下面举几个有名的相反式的例子给你听。

1. 人都有犯错的时候

法国大文豪伏尔泰，有一天在酒会上公开赞扬另一位作家的作品。

"你不知道吗？那个人不久之前才骂你的作品一文不值呢！"有个人提醒伏尔泰。

"真的吗？"伏尔泰一怔，接着笑了，"好像我们双方都错了。"

2. 问题在哪里？

一个作家在演讲之后，答复观众提问。

问题是写在小纸条上的，交给司仪，由司仪念出来，再由作家回答。

"这个字条上只写了三个字。"司仪拿到一个字条，脸都红了，吞吞吐吐地问，"是不是可以略过？"

"不要略过！"作家说，"念出来，我们不能忽略任何问题。"

嗫嗫嚅嚅半天，禁不住作家坚持，司仪大声念：

"王八蛋。"

场子一下子僵住了。

却见作家一笑：

"真可惜！这个朋友为什么只签了名，却忘记写问题了呢？"

3. 贵妇与母狗

某人因为在公开场合骂一位贵妇"母狗"，而被贵妇告上法庭。

"你太粗鲁了。"法官对某人说，"你必须在庭上公开向这位夫人道歉，否则就把你关起来。"

"我可以道歉，但是请问法官。"某人说，"我不能称这位夫人母狗，但是改天我遇上真的母狗，能不能称它为夫人呢？"

法官想了想，笑了：

"你要发神经是你的事，那当然可以。"

"好极了！"某人立刻向贵妇一鞠躬，"对不起！夫人！"

4. 犹太星象家的预言

希特勒抓到一个著名的犹太星象家。

"听说你算得很准。"希特勒冷笑道，"你能知道我什么时候死吗？"

"知道！"犹太星象家说，"死在一个犹太人的节日。"

"你怎么能确定？"希特勒吼道。

"当然确定。"犹太人说，"我能保证你死的那天，会是犹太人庆祝的节日。"

5. 瘾君子的祈祷

告解室里。

"我的烟瘾太重了，一根连着一根，请问神父，我祈祷的时候能不能抽烟？"教友颤抖地问。

"当然不行。"神父在小窗子那边斩钉截铁地说。

"那么，我抽烟的时候能不能祈祷呢？"教友又问。

"那还可以！你可以祈求上帝宽恕。"神父欣然地说。

啪！打火机亮了。"我祈求宽恕。"

6. 蠢蛋在哪里？

歌德在公园的窄桥上，和一个敌对的批评家相遇。

"对不起！请让一让！"歌德礼貌地说。

"笑话！我才不愿让路给蠢蛋呢！"批评家继续走。

"我倒是愿意。就由我来让吧！"歌德说。

张冠李戴，是这种笑话的特色。

它们最高明的地方，是"山不转，路转"，好比打太极拳，借力使力，一句"我们双方都错了""怎么只有签名?""就由我来让吧!"就四两拨千斤地做了强力的反击。

PART 04

偷偷说到心深处

用高妙的说话技巧，营造最好的沟通环境，偷偷抓住别人的心。

说话最重要的，
不见得是美丽的
音色、标准的发音，
而是更内里的许多东西：
呼吸、气势、气韵、潜意识
的影响力，
以及对环境和时机的把握。

刘墉
人生三课

你不能对知识程度差的听众讲谠言宏论，
也不宜对高知识分子举太庸俗的例子。
你在不确定对方听得懂的情况下，
甚至不能使用太少见的成语和形容词。

刘墉
人生三课

讲话如果没有快慢变化，非但句子不清楚，
还容易有催眠的效果，给人喋喋不休的感觉。
相反地，当你有疾有徐，而且"疾"得"流利"，"徐"得"有力"，
在不重要的地方轻松带过，在重要的地方又能特别强调，
则能给人顿挫分明、理路清晰的权威感。

先改变速度，
再试着对近处的人小声说、
对远处的人大声说，
让自己的音量有变化。

刘墉
人生三课

看人说话

你不能对知识程度差的听众讲谠言宏论，也不宜对高知识分子举太庸俗的例子。你在不确定对方听得懂的情况下，甚至不能使用太少见的成语和形容词。

故事一：连爷爷您终于回来了！

"连爷爷！

"您回来了！

"您终于回来了！"

看到这儿，你八成会笑，因为让你想起 2005 年中国国民党主席连战到西安老家的欢迎场面。那些小朋友的朗诵诗不知笑弯了多少人的腰，甚至有人把电视转播的画面下载当笑料四处发。有人说朗诵诗是国粹，有人说非常肉麻。

◎我们是诗的民族

如果请我评论，我要说："两个都对。"请别说我是两边都不得罪的乡愿，先听我细细分析：

朗诵诗当然是国粹，想想王羲之的《兰亭序》是怎么来的？那是在"诗会"中，大家饮酒作诗时写的。古人拿作诗当游戏，以前甚至有"击鼓催诗"——诗题公布，非但限时完成，而且打鼓催你写，时间愈紧迫，你愈紧张，他鼓打得愈急，结果原先有灵感的，都被急得满头冒汗，写不出来了。

诗作出来之后怎么办？只是张贴出来或大家传阅吗？错了！你还得朗诵。拉着调子吟唱，摇头晃脑地吟咏，等着下面喝彩或"喝倒彩"。

我们是诗的民族，只是除了少数传统诗社，现在的人已经很少听朗诵诗。所以那些听不惯的人，是真正不习惯。好比看地方戏曲，觉得索然无味，一句也听不下去的人，常因为看不懂。

◎好肉麻的朗诵

至于觉得肉麻，也有理。

连我这个以前专教朗诵诗的人都会觉得肉麻——

有一回，我把学生朗诵的录音带拿回家听，录音机一开，冒出一句尖而高亢的"冉冉而起东升的朝阳"。

天哪！我的鸡皮疙瘩从头顶一直冒到脚心。暗想，不得了！怪不得有人骂朗诵诗造作，居然连我自己都有这样肉麻的感觉。

可是当我把录音带倒回，由第一句开始听，再听到那句"冉冉而起东升的朝阳"，却又怎么听都觉得对了。

为什么我听第一遍会觉得肉麻？

因为我忘记倒带，变成由录音带的结尾听。朗诵的人的情绪好像飞机起飞，先滑行好长一段距离，等到冲力够了才起飞。当我由结尾听，好比没经过滑行，就一下子爬升，当然会摔下来。

也可以说，我的情绪没有经过前面的酝酿，以我的"平静心态"，一下子听到那"激动情怀"，当然会起鸡皮疙瘩。

同样的道理，我后来问几个随连战到西安采访的记者，当场会不会受不了，记者说虽然有些不习惯，但因为场面热烈，大家都很兴奋，所以一点也没觉得肉麻。

这就是了！电视机前的观众，因为没实际参加整个欢迎仪式，情绪不能跟着兴奋，突然听到朗诵，或后来听到其中一小段，当然会因为不进入情况而觉得肉麻。

◎让大家的情绪起飞

我今天提这件事，是要告诉大家，想说话感人，非常重要的就是要让听众的情绪能跟得上。

必要时，就算心里急，也得忍着。你要娓娓道来、慢慢营造气氛，就像让听众搭飞机，先好好滑行一段，再跟着你一飞冲天。越是煽动的言语、越是要鼓动情绪、带领风潮的演讲，你越得把大家慢慢"带起来"，千万不能急。

◎"炒豆"与"画符"

"急"有几种。一种是当条件不成熟，大家注意力不集中的时候，如果你急着说，前面几句大家没听清楚，后面也就失去兴趣或减少了力量。是急！

还有一种急，是你说得太急躁，或讲得太简单，结果大家前面的东西都没搞懂，更不用说后面的了。

相信你一定有这样的经验：你上餐馆，问有什么菜，侍者一路报出菜名，像炒豆似的快，你却一样也没听懂。又像是你收到朋友的信，要回，但是信封上的地址写得龙飞凤舞，得用猜的。搞不好，就因为那地址不确定，不回了！

为什么餐馆的侍者会"炒豆"？信封上的地址会"画符"？因为他太熟了，他已经"报过""写过"千百次了。

◎别做一架会呼吸的机器

同样的道理，有些导游为你介绍风景名胜，说得活灵活现、精彩极了！又有些导游，讲同样的东西，却让你觉得像背书，而且流里流气，只有声音没有情绪。

他当然没情绪！因为他放下这批客人，接上那批客人，说的是同样的史实、讲的是同样的笑话，除非他敬业，而且有功力，当然容易流露出照本宣科、虚应故事的感觉。更糟的人甚至能表现出不耐烦。

推销员不也一样吗？差的推销员是上门背书给你听。打电话推销的，常让你觉得那是一架会呼吸的机器，听了就有气。

这当中学问还挺大。

故事二：做个冷面笑匠

下面再说个真实故事给你听：

二十年前，我带一个女学生去美国。飞机起飞不久，开始送餐，用完餐，机舱的灯光渐渐灭了，好让越洋飞行的乘客睡觉。

黑暗中，女学生突然推我："老师！老师！这飞机上有没有厕所？"我差点大笑了出来，但我忍着，硬是不笑，冷冷地对她说："没有啊！你得憋着！"才说完，四周好像已经睡着的乘客，居然不约而同地笑起来。

◎制造出人意表的"笑果"

我后来常想起这一幕，心想为什么大家在听到她问"有没有厕所"时不笑，却在我答了之后，一齐忍不住地笑起来。

我也猜，如果我当时答她："少闹笑话了！飞机上当然有厕所。"或是我先笑，恐怕四周观众就算笑，也不会这么爆笑。

笑话常常要冷讲。所谓"冷面笑匠"，真正说笑话的高手，自己反而要"冷面"不笑。因为只有这样才能让人猜不透，而有出人意表的"笑果"。

问题是，许多人讲笑话，还没讲自己先笑，或讲一半，已经笑得说不下去了。这时候就算他终于忍下来，重新清清楚楚讲一遍，因为他先把"笑意"用掉了，效果也一定会大打折扣。

◎你的情绪不是别人的情绪

我说这个，是要告诉你，千万不能以自己的"了解"，去想别人的"了解"；用你自己的"情绪"，去想别人的

"情绪"。

举例来说，当你看完电影，很感动，要说给别人听的时候，你必须先把自己的那份感动压着，慢慢把故事的原委说清楚。

因为戏里的张三李四，你都看过了，有了印象。说的时候，脑海甚至会浮现剧中的影像。可是当你口沫横飞讲得十分激动时，听的人却可能连张三和李四的关系都没搞清楚。

所以我们经常会见到，听的人直摇手："等一下！等一下！那个张三是什么人哪？还有，李四是怎么跑出来的啊！"

他当然可能搞不清，因为你花两个钟头看的戏，却想在两分钟说出来，怎么可能清楚？

◎你家猫狗关我什么事？

还有一种情况，听众的情绪是很难"跟你一同起飞"的。就算你慢慢说，他也跟不上。那就是当你说"对你有特殊意义，却与他不相干的事"的时候。

你在报纸上一定常会看到《家园版》里的小笑话。那多半是读者投稿，形容小孩有趣的童言童语。问题是，你可能横看竖看都不好笑。因为那不是你的小孩，你不容易产生共鸣。

同样的道理，你觉得你家的宠物是神猫神狗，说给别人听，也不容易讨好。除非把你与那小动物"结缘"的点点滴滴，一五一十地细细道来，使听众好像跟你一样与那小动物生活多年，他才可能"动情"。

只是，有谁那么有闲，听你"细说从头"呢！所以在许多人交谈的场合，最好少讲这种话题，否则你很可能说着说着，发现四周的人已经各自另找主题，聊别的东西了。

不想这么尴尬，就识相一点，别碰这类"你有感觉，别人没感觉"的东西。

◎少用别人不懂的词汇

想要别人有感觉，"语言"也非常重要。语言可以是汉语、英语、法语，或你的词汇用语。

我发现有件很妙的事，就是只要注意一个人用的词汇，就往往可以猜出他大约什么年岁。

这并不是因为年岁大就用词艰深，而且由于以前台湾都用统一的课本，那课文每几年会换一次，有些文章，像《岳阳楼记》《桃花源记》年年都会编入，但又有些文章，像《滕王阁序》《爱莲说》则可能上一版有这一版没有。

所以，很可能那些读过《爱莲说》的人，动不动就讲"可远观而不可亵玩"；背过《滕王阁序》的人，突然会冒出一句"时运不济，命途多舛"；念过《与吴质书》的人，喜欢用"动见观瞻"；中学默写过《岳阳楼记》的人，爱说"政通人和"。

那都是多文的词句啊！他为什么能用得十分习惯？因为那是他在课本上学的，太熟了。问题是他习惯，别人不一定习惯。同样的道理，你以为"命途多舛"这个从《滕王阁序》里学到的词很简单，那些没念过《滕王阁序》的人都能听懂吗？只怕他们懂了，却误以为"命途多舛"是一辈子气喘。

了解了这个道理，除非你确定听众的程度跟你接近，与你"同行"或跟你"同一届"，最好避免不通俗的词汇，有时候你甚至得把自己最习惯的"专有名词"改成一般人听得懂的东西；如果非用"外文"不可，也得记得加个翻译。

否则，别人"有听没有懂"，怎么可能"心动"？

故事三：老虎前面说话

有位美国牧师对我说，他每个礼拜天都累死了，因为不但早上讲一场道，下午还得赶到另一个教会再讲一场。

我问他不是讲一样的东西吗？

他说，没错！可是因为两个地区的人不一样，同样的题目得用不同的讲法，搞混就麻烦了。譬如有一回，他早上在贫民区的教会讲到他的小孩跟他说"人是猴子变的，不是上帝造的"。他就对儿子说："好哇！以后你可以找猴子去要零花钱。"下面教友立刻笑了，觉得他真会说话。可是当他下午到另一个教区，讲同样的东西，散会之后却有好多教友过去说他比喻得不妥当、太幼稚，应该谈"上帝设计论"，才有道理，也才能服人。

有位政治家（也称得上政客）对我也做过同样的抱怨。说他怎么说话都有人不满意。同样一段即兴的演讲，电视播出来，有人赞美他真机智、真聪明，居然能有那样幽默的反应。另外一批人却把他骂死，说他是引喻失义、口不择言、幼稚可笑，丢尽了大家的脸。

◎《读者文摘》为什么能畅销全球

有个出版社的主编对我说："一本书的畅销很难说，可能靠宣传，也可能靠运气。但是有一种书，翻两页就知道不会畅销。就是那些用复杂的文法和艰深词句的作品。"他强调："学问好的读者毕竟是少数，多半的读者是普罗大众，你去看看《读者文摘》，为什么在全世界都畅销，很简单！他们摘取长篇大论的文章，变得好读，而且不信你算算《读者文摘》用的字词，一共才多少？他们都用人人能懂的字，加上内容精彩，当然容易引起大家的共鸣，也当然容易畅销。"

◎马屁不要拍在马腿上

我也有个亲历的惨痛经验。

当我在中视当记者的时候，有一天应某纪念馆馆长的邀宴。那纪念馆原来已经破旧不堪，自从新馆长上任，大力整顿，居然全面改观。

我在席间特别为此捧了馆长一下，一边敬酒一边说："您来了××馆，真是'生死人而肉白骨'。"这句话是我在小学课本里学的，意思是起死回生，"使死人能活过来，白骨重新长出肉"。

哪晓得事后馆长居然对别的记者抱怨，我为什么把他形容得那么不堪。我问那记者朋友有没有帮我解说"生死人而肉白骨"的意思。

记者朋友笑道："我不好意思说，因为馆长连那么简单的东西都听不懂，说了，只怕他无地自容。"

◎选择最好的陈述方法

我举以上这些例子，就是要再一次强调："希望说话动人，先得看看听众是谁？他的教育水平如何？甚至他的政治立场怎样。你不能对知识程度差的听众讲谠言宏论，也不宜对高知识分子举太庸俗的例子。你在不确定对方听得懂的情况下，甚至不能使用太少见的成语和形容词。"

所以一个说话人或演说者，最好先私下了解到场听众的背景，再决定说话的方法。

碰上各类人都有的大场面或现场有转播的情况，应该学《读者文摘》，把最精彩的用最简单的方式说出来。

你要透过听众懂的东西去推销他们不懂的东西，不能用他不懂的东西去推销，否则他们更不懂。碰到一些有敌意的听众，你不能直说，而要旁敲侧击，譬如说个故事，用那些故事来暗示。看对方似乎接受了，再进一步说服他。

你数数！历史上许多名臣、名士、名嘴、策士，管他老子、庄子、孔子、孟子、列子、韩非子，不是个个都懂得怎么在"老虎"前面说道理吗？

你想想！"螳螂捕蝉，黄雀在后""鹬蚌相争，渔翁得利"，这些故事都是怎么来的？

都是那些会在老虎前面说话的聪明人编的啊！

小心失控

> 讲话如果没有快慢变化，非但句子不清楚，还容易有催眠的效果，给人喋喋不休的感觉。相反地，当你有疾有徐，而且"疾"得"流利"，"徐"得"有力"，在不重要的地方轻松带过，在重要的地方又能特别强调，则能给人顿挫分明、理路清晰的权威感。

故事一：从《全民开讲》到《真情指数》

大约十年前，我听到一场精彩极了的辩论赛。

经过初赛、复赛，进入决赛的两个大学代表队真可以说是高手中的高手，不但词锋锐利、反应超快，而且说话的速度十分惊人。

从头到尾简直毫无冷场，甚至让听的人都有来不及喘气的感觉。

比赛结束，我猜甲队略胜一筹，可以胜出。只是成绩公布，居然乙队胜了。

不但甲队露出不敢置信的表情，连乙队都喜出望外。

事后，乙队的学生对我说，他们确实认为输定了，因为论理，他们自知不如甲队，没想到居然能赢，真是有些意外。

我也很不解，于是打电话给其中一位评审。

评审一听我问，就叹了口气说："你居然也来问我，已经有好多人打抱不平，骂我们这些评审了！可是你要知道，前面好几场评下来，决赛已经是下午四点半，我们几个老家伙都累死了。一累，反应就慢，谁让他们说得那么快？才听懂上一句，下一句已经错过了。所以说实话，是因为我们都没能听清楚他们论的道理，所以没打对分数。"

◎说话的速度要看对象

听完我说的故事，我请问你，这些辩论的学生，说得那么快，是对还是不对？

没错！就参加的两队而言，他们年轻、反应好、精神好，都把对手的话听得一清二楚，也都"心知肚明"谁辩得比较好。

但是评审不同。里面好几位都年过六十了，又累了一整天，学生说的，他们来不及"会意"。

结果，该赢的输了，该输的却赢了。你说，辩输的那一队有没有错？

◎说话的速度要衡量得失

好！把这问题先放下，再让我讲个自己的故事。

我大学毕业那年，受邀主持一个晚会。原本是由三个社团各派两位主持人，但是最后只交给我一个人主持全场。

晚会是在台北的"中华体育馆"举行，其中一个社团的人已经事先察看了场地，又做了彩排，发现场子太大，音响又不好，加上有回音，于是对我千叮万嘱，要一个字一个字慢慢说，否则现场两万多观众会听不清。

但是到那一天，我完全不管他们的叮嘱，仍然用我平常说话的速度主持，相信确实如"他们"所说，现场的观众不能听得很清楚。

但是节目播出来，我居然称得上"一炮而红"，立刻被中视请去主持益智节目，接着进入新闻部。

我敢说，如果我那天听了社团朋友的话，我不会有今天。为什么？因为那是三台联播的晚会，如果我一个字一个字地说，现场两万多观众虽然听清楚了，全岛上千万的观众却会觉得别别扭扭，只怕还要奇怪，我为什么说话那么慢，是不是有毛病或怯场呢！

也可以说，在上千万电视观众与两万多现场观众之间，我选择了上千万。换作你，你选哪一个？

◎股市与丧礼的差异

语言的魅力，跟你说话的速度有绝对的关系！问题是，什么是最恰当的速度？

有人说，一分钟讲两百五十字是最好的，有人说两百八十字才精彩。

他们都对，也都不对。因为速度要看对象、看现场，甚至看内容。打开电视，这一台报"股市行情"，那一台是赛马现场转播，再换一台，是某要员的丧礼实况。请问，你能用一样的速度播报吗？

◎老掉牙的电影、老掉牙的观众

时代不同，说话的速度也不一样。

很简单！你找个三十年前的新闻节目录影看看，那速度比今天慢得多。你再找个四十年前的电影看看，很可能节奏慢得令你受不了。

四十年前的电影，如果演出"回溯过去"的情节，一方面要用慢速度，一方面要用"溶"的画面，模模糊糊地从"现在的画面"，回到"过去的画面"。搞不好，还得打上字幕："二十年前的某一日。"

而今天的电影，根本不交代，一下子就跳到几十年前，又一下子跳回现在。

为什么有这么大的差异？因为现在的生活节奏变快了，人们的反应也更快了。只有少数老人家，可能反应跟不上、看不懂，觉得新派电影没意思。

◎白天与晚上的心情不同

除了因为时代不同，造成说话速度不一样，就算在同一天，说话速度也可能有差异。

如果你上节目，即使是中午录音或录影，也最好先问一下："请问这节目是几点钟播出？"更应该事先了解那节目的性质。

道理很简单——如果那节目只播出一次，而且是在深夜，你能用中午旺盛的精力和语气"高谈阔论"，拉着嗓门大放厥词吗？

要知道，同样的语气与速度，在吃饭时间播出、晚上黄金时段播出和深夜一点钟播出，给人的感觉会差得很远。

当人们在黄金时段听见你拉着嗓子尖声批判，可能赞美你的词锋锐利，但是换作深夜，却骂你刻薄，甚至对你有不好的印象。

◎**白天要理性，夜里要感性**

同样的道理，今天你上《全民开讲》和《真情指数》，能用同样的速度和语气说话吗？

不信，你把上《全民开讲》的调子，用在《真情指数》里，只怕会有九成以上的听众关机或转台。相反地，如果你用《真情指数》的语气上《全民开讲》，我奉劝你：免了！免得别人说你是"软脚虾"，有气无力。

说话的速度真是太难掌握了！怎样说得快而清楚，并且把不好说的东西表达得流畅，请接着往下看。

故事二：小心吃螺丝

前边我提到因为主持晚会反应不错，于是被请去主持一个益智节目《分秒必争》。

《分秒必争》，顾名思义，是个要掌握每分每秒的竞赛节目。先由参加者按钮，看那灯光落在"分""秒""必""争"

哪个箱子。接着由主持人从箱子里取出题目，以飞快的速度说出来，并由按钮的那一队立刻作答，只要三秒钟内没答出来，就换边，由另一队抢答。

据说我念题目的速度是以前电视节目中少有的，大概也因为节目精彩，达到十三家广告满档的盛况。

◎说话快不等于气急

但是，当我转到新闻部当主播，就麻烦了！

才播不久，就有观众写信来骂，写的人显然挺有学问，所以用词典雅，说我报新闻太快，又是在吃晚饭的时候，令他听了"有碍胃纳"。

为了这个，我做了不少"民意调查"，果然，连我太太都觉得我播得太快，给人"气急"的感觉。

但是，当我调出录影带，一遍一遍看，再试不同方法之后，我播报的速度一点也没变慢，大家却不再觉得气急，甚至感觉十分从容了。

◎口若悬河要约束

我居然是在登山时有了领悟——

相信你一定看过，在很陡的山坡上，如果有水沟，那沟不是直直一条由山顶直通山脚。而会每隔一段，就做个水槽或小池子，由那小池子另一边"开口"，再接上水沟，往山下去。如果山坡很长，中间可以有上百个小池子。

起初我看到那些小池子，猜想一定是给登山人取水用的，但取水何必花那么多钱，建那么多小池子？一条直直的，多快！多方便！

直到有一天，我看见一条直直的水沟，才恍然大悟。那天我坐车，经过一处山路，十分湿滑。心想，别处都干干的，为什么这里特别湿，多危险！

细看，才发现因为山上有条沟，直直沿着山路往下流，水很急，坡又陡，于是激起好多水花，变得有点像是小瀑布般。水沟已经约束不住，使急流溅到路上。

于是令我想起那些"小水池"。假使每隔一段，先让沟里的水进入水池，减缓水的冲力，再流向下一段山沟，就能控制了。

◎ **在快之间加一些慢**

说话速度太快的时候会吃螺丝、打结，不也一样吗？当你的嘴赶不上你的心，就好像直直的水沟，管不住急流。

最简单的改进方法，是每隔一段，建个小水池；每隔一段"快的话",就接几个"慢的字"!

在一整句话中,把某些字放慢,有许多好处。

第一,你本来就应该把专有名词,或听众不熟悉的字,譬如特殊的人名、地名、国名和制度名称说慢一点,使听的人能够有时间听清楚、搞懂。而且,当你特别放慢的时候,能引起听众注意,就好像写文章的时候,用前后引号,有加强的效果。

◎小心尼亚加拉大瀑布

第二,那些专有名词,既然是别人不熟悉的,也可能是你不习惯的,如果你念得太快,容易出错,放慢则能避免。

譬如"美国华盛顿的波多马克河",你念得快,"波多马克"很可能吃螺丝,这时你可以把大家熟悉的"美国华盛顿"念快一点,到了"波多马克河",则念慢一点。

又譬如一些国名、城市名,像"危地马拉""委内瑞拉""布宜诺斯艾利斯""美索不达米亚",都有些拗口。尤其是美加交界处的"尼亚加拉大瀑布"我不知听过多少人,说到这儿就出问题。但是,只要放慢一点点,就可以轻松过关。

◎怎样绕口令

第三，有些句子，"天生"就不容易念。还有一些句子，虽然不是"绕口令"，却说起来十足像绕口令。譬如在我的《在生命中追寻的爱》演讲里，有一句："虽然他们的爱没有玫瑰花瓣般芬芳……"我有好几次都没讲好，直到特别放慢，才说得清楚。（你不妨也试试。）

◎疾得流利，徐得有力

第四，某些字放慢速度，因为显得你考虑到听众，会给人特别亲和的感觉。又因为那慢，使你能够喘口气，不致气急。

同时，如果你不从容，不可能慢慢讲，那"慢"就表现出从容不迫的神采。

记住！讲话如果没有快慢变化，非但句子不清楚，还容易有催眠的效果，给人喋喋不休的感觉。相反地，当你有疾有徐，而且"疾"得"流利"，"徐"得"有力"，在不重要的地方轻松带过，在重要的地方又能特别强调，则能给人顿挫分明、理路清晰的权威感。

现在就试试吧！随便找一段文章，或抓份报纸，念念看！说不定才练习几次，你以后做业务报告，或上课被老师叫起来读书时，就能令人刮目相看了。

收放自如

> 先改变速度，再试着对近处的人小声说、对远处的
> 人大声说，让自己的音量有变化。

故事一：李涛还是李套

你有没有在武侠小说里读到一种"超高的武学"——"传音入密"。就是武林高手聚集真气，对着特定的人说话，旁边的人完全听不到。

我不知道世间是不是真有这种功夫。只知道在喧哗的场合，那种音调尖锐、音色浑厚和嗓门特大的人，声音传得特别远。

你不见在竞选台子上，有几位中气特别浑厚的，拉长了声音，特别具有震撼力吗？

你不见在广电节目中，有几位广播出身的名嘴，声音特别有共鸣、有磁性吗？

前面说的这些，都包含在声音的四大要素之中，也就是——

音高、音势、音长和音质。"音高"是指声音的高低；"音势"是讲声量的强弱；"音长"是说声音的长短；"音质"是指声音的品质（也就是"音色"）。

◎声音可以塑造

你不要以为声音全是天生的，改不了。也不要以为会讲话、能成演说家的人一定要发音标准。其实那多半可以后天塑造。

很简单！如果你参加合唱团就知道（尤其是业余的）。团里分成女高音、女中音、男高音、男低音。但是往往其中一个声部的人不够，指挥就在一个个试音的时候对其中几位说："没错！你可以唱高音，但是中音的人太少了，拜托拜托！你就唱中音吧！"至于男团员，如果声音不高不低，低音部又缺人，指挥也可能要那男生把声音放低沉一点，成为低音。

连唱歌都如此，蔡琴的声音多厚啊！邓丽君的歌喉多柔啊！有几位歌星原来声音不那样，却能装得惟妙惟肖，甚至让你觉得他既然有那么好的声音，何不永远装下去，做个

"分身"算了！

◎找出你弹性的"音域"

所以如果你觉得自己的声音不够好，你可以练！

首先你可以试着把同一句话，譬如"三民主义、风调雨顺"用不一样的声音说一遍。先沉下来，用低音，再一次一次渐渐拉高。

你也可以先用粗浊的音色说，再改成尖细的调子。于是，你找出了自己的"音域"，也就是"你有多大发挥的空间和多大的可塑性"。

◎"四声"的四种特质

其次，你知道我为什么举"三民主义、风调雨顺"做例子吗？因为那都是由一声、二声、三声和四声构成的。

音很妙，它分为四声，第一声（平）最高，第二声（扬）其次，第三声（转）又其次，第四声（下）最沉。所以"三民主义"和"风调雨顺"，你一路念下来，一定会像溜滑梯似的，由高而低。

看到这儿，你或许会怨："刘老师，我没有要学语音学，你写得太深了。"别急啊！你要知道这四声跟你生活有非常大的关系，最起码你给小孩取名字，或为自己"改名"，都得用上。

你知道古代的"燕国"，那"燕"是读"yàn"，还是"yān"吗？你知道姓"共"的人，那"共"要读"gòng"，还是"gōng"吗？姓"过"的人，那"过"要读"guò"，还是"guō"吗？

告诉你，那多半时间都念第四声的"燕、共、过"，在这儿都得念第一声。至于"应""曲""查"，用在"姓"的时候，也都得念第一声。因为第一声最响亮，也最尊重。同样的道理，"正月"因为是一年的第一个月，所以"正"不念 zhèng，而念 zhēng。

好！现在你再看看以下这些你熟悉的对联——

天增岁月人增寿
春满乾坤福满门

松竹梅岁寒三友
桃李杏春风一家

生意兴隆通四海
财源茂盛达三江

如果你把那两句"互换"成为：

春满乾坤福满门
天增岁月人增寿

桃李杏春风一家
松竹梅岁寒三友

财源茂盛达三江
生意兴隆通四海

前后比一比，哪个好？为什么原先觉得很完整、很有力、很有味的句子，一反过来就弱多了，而且给人没结束的感觉？

◎收在一声或二声（平声）的好处

好！我先不答。但问你：如果你姓李，给孩子取单名——"李涛"和"李套"，你觉得哪个比较好？

◎选择响亮的题目

再举个最近发生在我身上的真实例子：

我要做巡回演讲，有两个题目可选——

"活出闪亮的一辈子"

"活出闪亮的人生"

选哪个题目说起来比较响亮?

◎选择响亮的尾音

我不打算多评论，完全由你自己去想。但我要说，四声正表现了四种"音高"。你如果希望取响亮的人名、书名或公司的名字，一定要注意。

如果你希望听起来响亮。

"李子春"一定比"李春子"响亮。

"岳飞"一定比"岳费"响亮。

"水云斋"一定比"水云寨"响亮。

因为前者都收在一声或二声。但你说不定要特别把名字取得"婉转"，而不是"响亮"，那么你可以用"三声（'上声'音）"；又如果你希望表现"强硬"，而不是"高亢"，则可以取"四声（'去声'音）"。

故事二：由声音看出身

我以前在成功岭服兵役的时候，因为夜里跟邻床的朋友说悄悄话，好几次被班长"吼"出去罚站。

这全怪我那朋友，因为非常小声地对他说痱子粉借我一下，他只要把痱子粉递过来就成了。他却要答："好!"

他这一"好"，就不好了。因为他声音太大，立刻被下面巡房的班长听到。

还有两次，他没听清楚我说什么，回问："你说什么?"这就更麻烦了。只怕他那句话，全连的人都听到，我们能不被叫下去罚站吗?

◎天生大声公

我后来常想，那朋友是天生嗓门大，还是因为听力差?又或是因为习惯大声讲话? 为什么他从来不会说"悄悄话"?

想来想去，答案是："都有可能。"

先谈谈天生的大嗓门吧!

如果你常跟各色人种相处，会发现一般来说黑人的声音比较大，也比较浑厚。正因如此，黑人歌星的声音多半比白人响亮。这是因为他们的口腔较大，好比乐器的"共鸣箱"愈大，声音愈大，也愈厚。

黑人的确口腔大，不信你从侧面比较黑人和白人，黑人从后脑勺到前面牙齿的距离八成比白人大。说得好笑一点，黑人咬一口西瓜，恐怕有白人一口半的量。

你再想想，那些声乐家，就算是白种人、黄种人，是不是也往往脖子比一般人粗？帕瓦罗蒂、多明戈和卡雷拉斯三大男高音，哪个脖子不粗？他们甚至粗到头和颈子好像一条线下来。

所以想要声音洪亮，就算你天生薄弱，也可以像歌唱家一样，靠后天的练习改善。

◎由关车门、拧龙头说起

再谈谈"后天"的"音量"。

请先听我说个故事：

三十多年前，我刚到美国，常在关车门的时候把老美吓一跳，用惊讶的眼神盯着我看，猜我有什么不高兴。

我发现了这点，慢慢改，终于把手劲改小了。后来反而刚由中国来美国的朋友，关车门会吓我一跳。

后来我搞懂了。因为三十多年前国内的经济还不发达，许多车子很破烂，常常发生车门没关好，把乘客摔出去压死的惨剧。所以上车之后，大家都狠狠地把门关紧，我也不例外地养成那种习惯。

同样的道理，早期的人关水龙头也特别用力。因为那时的水龙头做得差，里面的橡皮又不耐用，不用力会拧不紧、漏水。

◎**由音量看出身**

你知道我为什么说这故事吗？因为人们的习惯常是环境造成的。同样一个人到中餐馆和西餐馆，讲话的音量就可能相差甚多。道理很简单！你在嘈杂的喜宴上小声说话，人家能听得到吗？

相对地，如果你到"烛光轻音乐"的西餐厅高谈阔论，能不令人侧目吗？

这时候就出现问题了。如同可以由关车门和水龙头的轻重猜想他是来自怎样的环境。大家是不是也能由一个人讲话的音量，来猜想他出身的环境？

了解了这一点，你要常常检讨自己说话的音量是不是太大？甚至往更深一层想：是不是因为上一代从你小时候，就用大声的训斥取代理性的教诲，你又承袭了这种习惯，拉着嗓子对孩子说话？

还有，你可能在几十户人家合居的"大杂院"里长大。

但是今天，经济情况好了，大杂院改建成高级大厦，地方大了、门户严了，四邻不再那么吵闹，连路上的车子都很少按喇叭，你说话的声音是不是也可以放小一点了？

你说话的音量可能在第一时间，已经显示了你出身的环境，你能不小心吗？

故事三：小声说句我爱你

如果你看四十年前的电影或电视剧，八成会不习惯。因为那些演员太造作，无论动作、声音都夸张，怎么看都觉得是在"做戏"。

这多半由于他们是舞台剧出身。早期的话剧没有无线麦克风，场子的设备又不够好，为了让整场观众听得清、看得清，演员不得不放大声音、夸张动作。当那些演员改演电影或电视剧，不自觉地就会把演话剧的习惯带到镜头前面。

◎难改的"革命腔调"

同样的道理，你如果年岁够大，回想一下三十年前的演讲比赛，是不是也觉得当时很夸张。演讲的学生顿脚捶胸，拉大了嗓门喊，尤其到结尾，更非握拳高举，喊几句口号不可，好像不这样就没有力量、就不算结束、就不能得奖。

别说参加比赛的学生了，那些领导者、政治家和政客，不也一样吗？

更糟糕的是，今天，学生演讲已经自然多了，许多"领导"却没改进。因为他们也像话剧演员改演电影，一时改不掉老习惯。过去"上山下乡"，哪有麦克风、扩音器啊！下面聚了一大群人，这些领导者，能不拉着嗓子喊吗？

即使到了今天，也不能保证每次领导人下乡都有好的音响伺候。如果突然聚集一群人，要他讲话，他当然还是得喊。

于是旧习惯就愈难改了，即使到了最好的大会堂、音乐厅，甚至只有几十人的小场子，明明有最好的音响设备，连讲台上掉一根针都听得清清楚楚，那些"领导"仍然可能拉着嗓门说话，而且常常把尾音提得特别高。

◎学习优雅的谈吐

说话要用多大的音量（也就是"音势"要多强），全得看环境。但是你也要知道，最亲切感人的语言，往往不是"吼出来"的。

讲个笑话给你听：

有一对新认识不久的男女，在公园约会。男的把手放在女生的腿上，亲热地对女生柔声说："我爱你！"

"高一点!"女生回答。

那男生就拉大嗓门喊:"我爱你!"

那女孩真因为觉得男生的声音太小,要他大声表白吗?如果把"我爱你!"大声喊出来,还有情趣吗?问题是,你一定早发现,有许多人不但在致辞或报告时喜欢拉着嗓门说话,即使日常交谈,他们的声量也特别大,甚至大到炸耳朵,使你怀疑他是不是在对别人说,或故意让别人听到。

这种人说的话会给你亲切感吗?

当然不!

◎ **看看别人,想想自己**

所以你想说话有魅力,显示优雅的谈吐,先得自我检讨,说话的音量是不是恰到好处。

如果你讲话的声音太大,是不是因为总对重听的人讲话,习惯大声了,或有焦躁的毛病,甚至不把音量放大就说不顺。

你也可以用别人来想自己,譬如在地铁上观察人们说话的音量,或到不同国家,看看国情不同,说话的音量有没有差异。

你还可以观察你的邻居、朋友,看看人家的谈吐和音量。

然后想想自己。如果觉得过去讲话无论什么场合，都太大声了。或一紧张、疲惫，就显出焦躁，愈说愈快愈大声，就立刻改。先改变速度，再试着对近处的人小声说、对远处的人大声说，让自己的音量有变化。这另有一番道理，接着往下看！

故事四：蒙古草原唱首歌

假使你们公司开会，为了掌握进度，每个人说话的时间都是算好的。领导要你上台报告二十分钟，不准长也不能短。

你很慎重地先拟好稿子，在家演练又演练，还请人帮你计时，每次都正好讲二十分钟。

请问，如果你不是"老手"，当你真正上台，那原来准备好二十分钟的稿子，会正好让你说二十分钟？还是可能才讲十八分钟，就讲完了？

◎紧张会造成说话快

据我训练学生演讲的经验，除非猛吃螺丝或忘稿子，十之七八上台之后，说话速度会变快，原来五分钟的稿子，可能四分四十五秒就讲完了，还有些人能四分半钟就结束，而且下台之后，不信自己"说得奇快"。

人一紧张焦躁，说话就会快，最好的改进方法是不断告诉自己说慢一点。

如果你平常说话嫌快，你可以一边说，一边心里告诉自己"放慢一点"。渐渐能控制之后，则告诉自己"我这边快一点，那边慢一点"，使你说话有节奏。

如果你演讲或做报告时总是嫌快，除了可以不断在心里提醒自己，或在演讲稿上面写个大大的"慢"字。还要告诉自己，在每个段落之间多停顿一下。而且你必须知道，在紧张的时候，你以为停顿一秒钟，实际可能只有半秒。这时候有个控制的好方法，就是当你停顿的时候，用眼睛横扫一下场子，或笑笑（可不是在丧礼上）。这样做，非但能使那停顿的时间够长，而且会给人"空白的充实感"，就是虽然你停下来了，但停得有道理、有情绪，好像你特别停一下，要大家想一想，你刚才说的。（那些师父讲经，不都这样吗？）

◎小心音响出问题

现在再谈谈音量。

我虽然在前面再三强调，不可以用过大的声音说话。但也提到"不可过小"。因为如果声音太小，让人听不清，不可能有好的效果。

音量的大小得看场合。在人声嘈杂的地方，即使面对面，甚至贴着耳朵，都得大声喊；在万籁俱寂的环境，即使"咬耳朵"，都可能嫌大声。

当你演讲或做报告的时候，一定要先衡量场子里的情况和设备。如果音响器材不够敏锐，使你不得不大声喊。你甚至得衡量自己的体力，把原来计划好的演讲缩短，免得到来"喊哑了"嗓子。

即使是音响效果好的地方，为了慎重，你也最好先"试音"，而且要求负责控制音响的人一定在场。否则很可能出现尴尬的情况——你明明在最好的场地演讲，却因为事先音效调得太低，控制人员又跑掉了，没办法调整，造成整场演讲或会议，大家都得拉着嗓子喊。

◎人数不同、语气不同

还有一点，是讲大场子和小场子，你不但得用不同的音量，而且得用不同的口气。

举个例子，今天你到了有两千个座位的大会堂，但是只来了两百人，你除了请这两百人尽量往前面坐，是不是也得改变语气？

两千人是大演讲，两百人是小演讲，二十人就成了谈话会。

你怎能用对两千人演讲的语气来对"眼前"的二十人说呢？

只怕当你那么做的时候，仅有的二十人也要走了。因为你表现得太夸张，失去了亲和力，令人受不了。

◎腾格尔不会出在苏州

"声音"绝对跟环境相关。

为什么蒙古族歌手、山区少数民族和陕北同胞的歌声硬是不一样？

你只要设想自己在"风吹草低见牛羊"的大草原高歌；走在树林间对着山谷对面的姑娘唱情歌。再想想，你在见不到几棵树的黄土大地，望着远处的黄河引吭高歌就行了。

蒙古草原的歌声当然浑雄，西南少数民族的歌声当然高亢，陕北黄土高原的歌声当然粗犷。

这些人的声音，当然与城市人不一样。

◎为什么有人对着大海练演讲

现在你就知道为什么许多演讲家，会说他们以前不擅长讲话，甚至有口吃，但是在发愤图强，对着大海不断练习之后，居然成为演说家。

因为大海会吃掉声音，当他对着那空旷的地方演讲时，甚至听不到自己的声音，久而久之自然能把气练足、把声音练大。

虽然现在的音响效果好了，你还是可以用环境来训练演讲的"音量"和"气势"。

举个非常有意思的例子：

我教学生演讲时，坐在他前面不远的地方，如果觉得学生的音量不足，叫他加强，一次两次，还是不够。

你猜，我用什么方法改正他？

我会走到屋子的角落，离学生远远的。如果是在礼堂里训练，我甚至会坐到观众席的最后一排。

人很妙！每次我一坐远，大概怕我听不见，学生的音量自然就会加大。而且不只声音变大，那"气"也自然加强。

了解了这一点，如果你训练孩子演讲，可以坐到远远的角落里听。如果你训练自己，则可以请父母或其他人到远处听。

但记住！听的人不能离开视线，如果他出了房间，你看不见他，效果就差了。

图书在版编目（CIP）数据

刘墉人生三课. 会说话才能赢 /（美）刘墉著 . -- 长沙：湖南文艺出版社，2021.6
ISBN 978-7-5404-7752-3

Ⅰ.①刘… Ⅱ.①刘… Ⅲ.①散文集—美国—现代
Ⅳ.① I712.65

中国版本图书馆 CIP 数据核字（2021）第 071614 号

上架建议：畅销·青少年励志

LIU YONG RENSHENG SAN KE · HUI SHUOHUA CAI NENG YING
刘墉人生三课 · 会说话才能赢

作　　　者：［美］刘　墉
出　版　人：曾赛丰
责任编辑：丁丽丹
监　　　制：小博集
策划编辑：文赛峰
特约编辑：李孟思
营销编辑：付　佳　付聪颖　周　然
版权支持：刘子一
封面设计：梁秋晨
版式设计：梁秋晨
版式排版：金锋工作室
内文插图：刺拳漫画
封面插图：刺拳漫画
出　　　版：湖南文艺出版社
　　　　　　（长沙市雨花区东二环一段508号　邮编：410014）
网　　　址：www.hnwy.net
印　　　刷：北京中科印刷有限公司
经　　　销：新华书店
开　　　本：875 mm×1270 mm　1/32
字　　　数：101 千字
印　　　张：5.25
插　　　页：16
版　　　次：2021 年 6 月第 1 版
印　　　次：2021 年 6 月第 1 次印刷
书　　　号：ISBN 978-7-5404-7752-3
定　　　价：39.80 元

若有质量问题，请致电质量监督电话：010-59096394
团购电话：010-59320018